Leon de Winter

Place de la Bastille

Roman
Aus dem Niederländischen von
Hanni Ehlers

Diogenes

Titel der 1981 bei
In de Knipscheer, Amsterdam,
erschienenen Originalausgabe:
›La Place de la Bastille‹
Umschlagillustration:
Elizabeth Peyton, ›Jarvis‹, 1996
Collection Susan & Michael Hort, New York
Mit freundlicher Genehmigung von
Gavin Brown's Enterprise,
New York

Copyright © 2005
Diogenes Verlag AG Zürich
www.diogenes.ch
200/05/8/1
ISBN 3 257 06496 9

L'histoire n'est qu'une fable convenue

De Fontenelle (1687–1757)

I

Zu der Zeit guckte ich alles. Während die Abende mit dem Korrigieren von Klassenarbeiten verstrichen, zeichnete der Videorecorder die Sendungen auf, die ich mir nachts ansah. Ich hockte vor dem Fernseher, bis sich das Unwetter hinter meinen Augen ausgetobt hatte, worauf ich, auf dem Sofa liegend, ein paar Stunden durch lautlose Träume lief.

Obwohl das Gegenteil näherliegend erscheint, verminderte sich dank des Videorecorders die Anspannung in der Schule. Die Bilder und Geräusche, die ich nachts im Fernsehen gesehen und gehört hatte und morgens, wenn ich mit dem Fahrrad zu dem verfallenen neoklassizistischen Gebäude im Stadtzentrum fuhr, in meiner Stirn vorfand (seltsamerweise schienen sie sich dort aufzuhalten – nicht im Hinterkopf, nicht irgendwo im Innern, sondern in der Region über meinen Augenbrauen, die schwer und massig auf meine Augäpfel drückte), verblaßten im Laufe des Tages und lösten sich in einem Nebel von Müdigkeit auf. Der Rausch, in den ich geriet, machte mich zur Unterrichtsmaschine, die sich Stunde um Stunde automatisch von der einen in die andere Klasse begab und reibungslos die verlangten Informationen ausstieß, auch wenn es in meinen Ohren sauste und mir in dem unerträglichen Tageslicht die Augen brannten. Ich brachte mich vorsätzlich an den Rand eines physischen Zusammenbruchs: Ich wollte mich in einem erschöpften Körper verirren, in Schmerz verlieren.

Diese Phase, die zeitlich nicht sehr weit hinter mir liegt und doch längst vergangen scheint, dauerte ungefähr sechs Monate, das zweite Schulhalbjahr lang. Unaufhörlich drohte mir damals blinde Panik (ein jeden Gegenstand anfressendes Beben, ein fundamentaler Zweifel, der Wände aufreißt und Fußböden spaltet), die meinen Kopf immer tiefer höhlte, ohne daß ich imstande gewesen wäre, sie auszuräuchern: Zischelnd fraß sie sich weiter, nagend, quälend.

Den letzten Schultag feierte ich mit einer ununterbrochenen Fernsehsession bis weit in den Vormittag des nächsten Tages hinein. Meine beiden Töchter krabbelten morgens zu mir auf den Schoß und guckten mit, bis Mieke, meine Frau, sie wütend wegschickte. Sie habe mich nachts wieder mit dem Video gehört, sagte sie, und das müsse ich selber wissen, aber sie wolle nicht, daß ich die Kinder ansteckte. Ich müsse mit der Vergangenheit abschließen, sagte sie, die Probleme durchstechen, die ich selbst aufgeblasen hätte. Ich stand auf, stammelte, daß ich die Zeit aus den Augen verloren hätte, taumelte benommen ins Schlafzimmer und ließ mich aufs Bett fallen.

Ich erwachte am späten Nachmittag. Der tiefe, traumlose Schlaf hatte meinen Kopf gereinigt, und ich schaute gedankenlos zu den Balkontüren, die Mieke geöffnet hatte (denn ich konnte mich nicht entsinnen, daß ich selbst dorthin gegangen war, bevor ich mich ins Bett gelegt hatte). Sie gewährten einen harmonischen Ausblick, der mir so noch nie aufgefallen war. Der zufällige Stand der Türen und der Sonne, dazu die große Ulme in einem der hinteren Gärten und meine eigene Position – ich lag seltsamerweise mit dem Kopf zum Fußende – bewirkten eine Bildkomposition, die ich als harmonisch empfand: Der Abstand zwischen den Falten der reglos herabhängenden Gardinen schien genauso groß zu sein wie der zwischen den weißen Eisenstäben des Balkongeländers, so daß ein bestimmter Rhythmus von der Gardine links auf das Geländer übersprang, sich dort fortsetzte und dann in der Gardine rechts seinen Abschluß fand.

Wenn ich mich bewegte, mich zehn Zentimeter zum Kopfkissen hinaufschob, würde sich meine Perspektive verändern, wie ich wußte; meine Sicht und meine Interpretation waren von meinem Standpunkt abhängig. Ich litt an der krankhaften Angewohnheit, dem Anschein nach alltägliche Begebenheiten von allem zu befreien, was an Zwangsläufigkeit, Vorsatz, Absicht grenzte. Warum hatte ich mich verkehrt herum aufs Bett gelegt? Was hatte mich dazu bewogen, mich nicht auf die linke Seite sinken zu lassen, wie ich das jeden Abend tat, sondern nach rechts, so daß ich beim Aufwachen ein Bild wahrnahm, das von kompositorischer Natur war (das ich als kompositorisch empfand?). Ich kroch zum Kopfende und sah, wie sich die Zusammenhänge in dem Bild auflösten. Dadurch daß sich der Winkel zwischen den Türen und meiner Position verändert hatte, fehlte der strenge Rhythmus von Gardinenfalten und Balkongitterstäben. In dem Bild, das ich jetzt sah, gab es keine besonderen Zusammenhänge; jetzt nahm ich die Rückseite einer Häuserreihe wahr, zwischen zwei offenstehenden Balkontüren hindurch gesehen, unauffällig still, im Licht eines sonnigen Samstagnachmittags.

Ich stand auf und ging ins Wohnzimmer. Der große, helle Raum mit seinen selbstverständlichen

Stühlen, Tischen, Farben tat mir gut. Ich blätterte in der dicken Samstagsausgabe der *Volkskrant*, las einen bestimmten Artikel an, verlor aber den Zusammenhang. Mehrmals las ich die einleitenden Absätze und versuchte die Wörter in ihrem Kontext zu erfassen, obwohl mich das Thema eigentlich nicht interessierte. Ich legte die Zeitung weg und sah mich lustlos, nach der friedlichen Leere von kurz nach dem Erwachen verlangend, um. Am Fenster zur Straße stand der Fernseher, unter dem Tischchen blinkte mit seiner strengen Form der Videorecorder, daneben, in einem schlichten Gestell, schlummerten siebenundvierzig Kassetten. Mit einer willkürlichen Kassette voll verläßlicher abendlicher Unterhaltung konnte ich die Unruhe übertäuben, mit einem Western, einer Show, einem Film über das Amazonasgebiet. Es war absurd, daß ich die Suchtsymptome aufwies, die auch ein Alkoholiker kennt: Bei der geringsten Unebenheit sprang der Deckel auf, der Mechanismus setzte sich in Gang, und die Verführung tanzte um mich herum. Können Bilder verführen? Szenen? Filme? Fotos?

Ich flüchtete in mein Arbeitszimmer, denn ich wollte nicht, daß Mieke mich erneut vor dem Fernseher antreffen würde. Auf den leeren Schreibtisch (der unentwirrbare Papierwust befand sich in den

Schubladen und im Schrank rechts im Zimmer; Rechnungen, Mahnungen, Korrespondenz, Aufzeichnungen, alles hatte ich, auf einen windstillen Tag wartend, dem Blick entzogen und weggesteckt) hatte sie mir einen Zettel gelegt.

»Bin mit Hanna und Mirjam zu meiner Mutter. Werden wohl zum Essen bei ihr bleiben. Sind gegen halb neun wieder zu Hause. Überleg dir, was du tust. Schreib bitte dein Buch fertig, auch wenn es nicht das ist, was dich eigentlich beschäftigt. Ich weiß, daß es um deine Eltern geht. Vielleicht nicht nur um sie als Personen, sondern auch um ihre Abstraktion, aber das Buch leitet sich davon ab. Wenn du das Buch fertig hast, wenn du diese Aufgabe vollbracht hast, wird sich hoffentlich auch dein Hang legen, dich langsam, aber sicher zu verflüchtigen. Fehlen dir noch Informationen? Vielleicht mußt du noch einmal nach Paris. Nimm dir alle Zeit. Notfalls fahre ich allein mit den Mädchen nach Zeeland, und du bleibst zu Hause, um zu arbeiten. Bitte denk darüber nach. Mieke.«

Abends, nach ihrer Rückkehr und der Gutenachtgeschichte im Kinderzimmer, sagte ich Mieke, daß ich gern noch mal nach Paris wolle. Sie nickte schweigend und wartete auf weitere Erklärungen, die ich jedoch unterließ. Die Lüge mit dem Buch und die Leichtigkeit, mit der sie mir über die Lippen gekommen war, erfüllten mich mit einer Scham, die bei jedem weiteren Wort als Zittern und Unsicherheit mitschwingen würde.

Komischerweise begann ich selbst an die Geschichte zu glauben, daß ich des Buches wegen nach Paris fuhr. Am nächsten Tag, Sonntag, zog ich aus den verborgensten Tiefen meines Schreibtischs das Manuskript hervor; ich las mir den letzten Teil noch einmal durch, machte Anmerkungen und versuchte zu sondieren, welche Originale ich einsehen mußte, um meine Probleme zu lösen. Ich schien frischen Mut aus dem Gedanken zu schöpfen, daß ich mich binnen kurzem erneut über das historische Material beugen und die aus dem vergilbten Papier aufsteigende Zeit schnuppern konnte. Das war jedoch reinste Heuchelei, denn es lag auf der Hand, daß ich in Paris lediglich die Auspuffgase vom lebhaften Urlaubsverkehr einatmen, aber keine Bibliothek von innen sehen würde. Meiner Gemütsruhe zuliebe spielte ich den eifrigen Quellenforscher, der aufgeregt vom einen Archiv zum nächsten rannte und beim Anblick verstaubter Bücher und Handschriften, die bei ihrer Berührung auseinanderfallen konnten, in Verzückung geriet.

Doch über dieses Stadium war ich längst hinaus.

Mein erster Besuch der Bibliothèque Nationale 1966 war ein verwirrendes und zugleich bewegendes Ereignis gewesen. Ich studierte damals noch und schrieb an einer Hausarbeit. Ich erinnere mich, daß ich mich mit Tränen in den Augen – viel zu große Emotionen für einen unbedeutenden kleinen Archivbesuch – in dem Gebäude zurechtzufinden suchte, in dem Zehntausende von Manuskripten und Millionen von Büchern eine Macht zur Schau trugen, die dem Ausgangsmaterial von Natur aus fremd war (denn das bestand aus nicht mehr als Papier, Druckerschwärze, Leinen, Pergament). Die Vergangenheit, die geordnete, rubrizierte verflossene Zeit, warf ihren unerträglich schweren, pechschwarzen Schatten über mich. Sie stand hinter mir, die GESCHICHTE, und sah auf mich herab. Und sosehr ich mich auch bemühte, ich konnte nicht durch die unzähligen Bücherregale hindurchsehen, hinter denen sie sich versteckte, wenn ich mich umdrehte, um sie ins Visier zu nehmen.

Alter Krempel, verstaubter Mist, muffiges dummes Zeug bist du, schrie ich durch den Gang (in Gedanken), mich kriegst du nicht, sieh doch, wie ich hier gehe und wandele und mich nicht um deine Wendigkeit schere, sieh, wie ich dir den Rücken zukehre und auf deine Macht pfeife!

Aber mir schwindelte, und ich war tief bewegt, ich horchte krampfhaft auf meine vergeblichen Beschwörungen und begriff, daß mein Bewegungsraum von den Wänden vorgegeben wurde, die meine Schritte zurückwarfen und die ich nicht versetzen konnte. Wimmernd wie ein verirrtes Kind suchte ich nach dem Ausweg aus dieser konkreten Metapher. Dies war kein Gebäude, in dem Material versammelt war, das auf die Sinngebung durch einen Historiker oder Soziologen wartete; hinter den vom städtischen Verkehr angefressenen Fassaden wohnte der Wahnsinn, der auch mein Dasein beherrschte und knebelte.

In heller Panik verließ ich das Archiv, und ich beruhigte mich erst nach einem mehrstündigen Spaziergang entlang der Seine, der mich in den Außenbezirk Villeneuve-le-Roi führte, wo die Flugzeuge im Landeanflug auf Orly die Dächer berührten. In einem Restaurant an der Avenue de la République, kaum einen Kilometer von der Landebahn entfernt, aß ich zum erstenmal in den dreiundzwanzig Jahren, die ich damals alt war, ein Stück *Schweinefleisch*. Ich mußte eine Tat vollbringen, hatte ich mir unterwegs überlegt, ich mußte mir beweisen, daß ich frei war und von dem scheußlichen Gewicht, das ich mit mir herumgeschleppt hatte, nichts als einen leichten Muskelkater zurückbehalten hatte. Und Schweinefleisch zu essen war für mich eine Tat. Das Tischchen, an dem ich saß, bebte, als ich den ersten Bissen nahm – nicht etwa, weil der Himmel seinen Zorn entlud (obwohl mir schon blitzartig durch den Kopf schoß: Das ist eine Warnung, *laß* das), sondern weil gerade ein Düsenflugzeug herunterkam, das, dem Geräusch nach zu urteilen, auf eine Katastrophe zusteuerte. Ich entsinne mich, daß ich in meinen Bewegungen stockte: Einen Moment lang schwebte ein Stückchen weißes Fleisch vor meinem geöffneten Mund, auf eine Gabel gespießt, die *ich* hielt, und ich wartete auf den dröhnenden Schlag, der den gesamten Häuserblock wegfegen würde (sie und ich mußten für meine Sünden sterben). Der Lärm ließ jedoch nach, die bebenden Tische und Gläser kamen zum Stillstand, und ich wurde mir der Haltung bewußt, in der ich erstarrt war. Nun gut, dies war ein Tag der Metaphern: Ich hielt mir das Stück Fleisch vor die Augen (schuldloses Fleisch eines schuldlosen Schweins, sprach ich als Gebet), betrachtete es eingehend und schob es mir dann in den Mund.

So also schmeckte Fleisch, das *trejfe* war, wie Kalbfleisch, aber weniger fade, würziger vielleicht, schärfer. Meine Zunge schickte das Stückchen Fleisch durch meinen Mund, führte es den Bakkenzähnen zu, schob es zu anderen Backenzähnen, vermengte es mit meinem Speichel, warf die zerkauten Fasern in meinen Schlund, suchte zwischen den Zähnen behende nach verbliebenen Resten, rüstete sich für einen neuen Bissen.

Ich genoß die Rache am Archiv. Was kümmerten mich die Gebräuche eines Nomadenvolkes, das vor Jahrtausenden in unwirtlichen Gebieten umhergezogen war und sein Verhalten den allmählich erworbenen Kenntnissen in Hygiene angepaßt hatte. 1966 noch nach Hygienevorschriften von vor dreitausend Jahren zu leben war unsinnig. Ich gehörte zu nichts und niemandem und konnte, wenn mir danach war, an einem Tisch in einem Restaurant Platz nehmen und etwas bestellen, das *trejfe* war. Geschichte existierte nicht. Archive waren Sammelstellen für nutzloses Altpapier.

Doch mein Magen reagierte mechanisch. Im Vorstadtzug, der mich zur Gare d'Austerlitz brachte, mußte ich mich eine Viertelstunde nach dem Essen übergeben. Mit rachsüchtiger Heftigkeit drehte sich mir der Magen um, und der Salat und die Tomaten und die faserigen Stückchen Fleisch schwappten über meine Zunge auf den blitzsauberen Gangboden. Ich genierte mich, schob das Erbrochene ungeschickt auf eine von einer mitfühlenden älteren Dame angereichte Zeitung und machte mir in der

Eile die Hände an dem stinkenden Brei schmutzig. Beim nächsten Halt verließ ich den Zug, die durchhängende, feuchte Zeitung möglichst weit von mir weg haltend.

Tagelang redete ich mir ein, daß dieser Vorfall keine Bedeutung habe. Mein Magen sei solches Fleisch nicht gewöhnt und habe lediglich auf unbekannte Nahrung reagiert. Ich streifte durch die Stadt, während ich in der Bibliothèque Nationale nach Dokumenten und Handschriften hätte spähen müssen. Das wenige Geld, das ich hatte, ging mir bald aus, ohne daß mein Parisaufenthalt den geringsten Fortschritt für meine Hausarbeit erbracht hatte. Kurz bevor ich mein Hotelzimmer in der Nähe der Place de Clichy räumen mußte, weil ich es nicht mehr bezahlen konnte, stattete ich dem Archiv noch einen kurzen Besuch ab. Ich behielt die Nerven unter Kontrolle, schlug nach, was ich benötigte, und notierte in fieberhafter Eile Besonderheiten für meine Hausarbeit über die Flucht Ludwigs XVI. nach Varennes zu Beginn der Französischen Revolution.

Im Zug nach Amsterdam stieg aus der sonnenüberfluteten Landschaft in ersten vagen Umrissen auf, was sich elf Jahre später zum Konzept für ein Buch verdichten sollte. Draußen hinter dem Fenster, in der heißen Luft zwischen den gelben Hügeln, flimmerte es wie eine Fata Morgana, die die Arbeit, an der ich schrieb, auf eine dröge, graue Pflichtübung reduzierte. Aber ich hatte nicht den Mut, das Resultat monatelanger Mühen, das, wie ich wußte, keinerlei Aufsehen erregen würde, zu verwerfen und Ludwigs Fluchtversuch von einem völlig anderen, farbigeren Blickwinkel aus zu untersuchen.

Ich arbeitete nun schon drei Jahre an dem Buch, das ich mich damals nicht zu schreiben getraut hatte. Es umfaßte Hunderte dicht beschriebener Seiten und stellte meine Gegenstudie zur Flucht der französischen Königsfamilie aus den Tuilerien dar, die hoffnungslos mißglückt war, in meinem Buch jedoch gelang.

Schon während meines Studiums hatte ich eine Vorliebe für hypothetische Fälle gehabt, für die sogenannte Modellbildung, wie der Fachterminus lautete. Sie begann mit dem magischen Wörtchen *wenn*; wenn nun aber..., und dann entwickelte sich ein atemberaubendes Spiel mit unberechenbaren Ergebnissen.

Elf Jahre nach dem ersten Besuch der Bibliothèque Nationale, der den Grundstein gelegt hatte, hatte ich das Buch angefangen, und ich arbeitete immer noch daran. Doch ich hatte in den vergangenen Monaten entdeckt, daß die Zahl der Flucht-varianten im Prinzip unbegrenzt war, was bedeu-tete, daß ich das Buch niemals vollenden würde. Dann und wann arbeitete ich krampfhaft daran und stieß immer wieder auf neue Möglichkeiten und Einstiege, und manchmal, wenn mich der An-blick des unendlichen Manuskripts in verzweifelte Wut versetzte und ich es am liebsten vernichtet hät-te, machte ich wochenlang einen Bogen darum.

Wir hatten vereinbart, daß ich vier, fünf Tage für das Buch nach Paris fahren würde. Montags, nachdem ich den gesamten vorherigen Tag mit dem letzten Teil des Manuskripts zugebracht hatte, rief Pauline an. Sie komme am nächsten Tag nach Am-sterdam, sagte sie, und würde mich gern sehen, mit mir ins Van Gogh und ins Stedelijk Museum gehen. (Zwischen ihren Worten, die sie in den schwarzen Hörer ihres Pariser Telefons sprach, hörte ich den unter dem geöffneten Fenster ihres Appartements dahinrasenden Verkehr, und die alte Metro fuhr durch das rußgeschwärzte Klettergerüst hoch über der Straße an ihrem Zimmer vorbei, auf ihrem nackten Rücken dünne Streifen Sonnenlicht, die sich zwischen den Fensterläden hereingestohlen hatten, Schweiß.) Mieke hatte den Anruf entgegengenom-men, blieb während des Gesprächs im Raum und lauschte kopfschüttelnd meinem unbeholfenen

Französisch. Meine blitzschnell erfundene Ausrede schien sie zufriedenzustellen, na ja, jedenfalls ging sie nicht weiter darauf ein.

Pauline kam. Wir trafen uns ein paarmal, und als Mieke mit den Kindern nach Zeeland fuhr, stieg ich mit ihr in den Zug nach Paris.

Doch das alles bedarf der Verdeutlichung. Ich werde erklären, wie ich Pauline kennenlernte, wieso ich mir diese albernen Videokassetten ansah, was ich im Archiv suchte. Es ist zwar fraglich, ob eine Schilderung der Ereignisse erhellend wirkt, ob sie Erkennen, Verstehen und schließlich Beherrschung bringt. Aber ich will es dennoch versuchen. Gehen wir also *in der Zeit zurück*.

2

Ich kann es nicht lassen, auch mein eigenes Leben in Perioden einzuteilen. Natürlich ist die
Zeit mit jener unteilbaren Geradlinigkeit verstrichen, welche jeden Verlauf glättet und so etwas wie
»Perioden« nicht kennt. Doch um sie in den Griff
zu bekommen, muß ich stückeln, Trennstriche zie-
hen, abstecken, damit ich die Hände in die amorphe Masse meines Lebens tauchen und die Klumpen, die ich zu fassen bekomme, »Perioden« nennen
kann. In der künstlichen und zufälligen Ordnung,
die jeder Klumpen in meiner Hand darstellt, scheint
eine bestimmte Struktur vorhanden zu sein; der
Klumpen hat eine Form, natürlich, und diese Form
ist benennbar. Ich kann den Klumpen rund oder
eckig oder ausgestülpt oder eiförmig nennen. Auf
diesem Gebiet ist der Historiker versiert. Er taucht
die Hände in die Jauche und betrachtet strahlend
seinen Fund, dem er einen Namen gibt, zum Beispiel »Zigarre« (obwohl wir längst gesehen haben,
daß es Kot ist, was ihm an den Fingern klebt), und

hält dann einen Vortrag über die Notwendigkeit von Salatgurken. Einerseits versteht sich der Historiker wie kein anderer auf das Einrennen sperrangelweit geöffneter Türen, andererseits meint er Türen zu sehen, wo nichts als Spiegelungen die blinden Mauern zieren. Ich bin Historiker.

Mieke lernte ich während meines Studiums kennen. Sie machte Soziologie. Ich kam auf der Geburtstagsfeier eines gemeinsamen Bekannten mit ihr in Kontakt. Wie meistens war der Anlaß banal: Ich geriet mit ihrem damaligen Freund, dem Gastgeber, über Israel und die Palästinenser in Streit, weil er, übrigens entgegen der vorherrschenden Meinung, einen propalästinensischen Standpunkt einnahm. Ich griff ihn deswegen mit einer Schärfe an, die mich selbst erstaunte: Wieso berührte mich das so sehr? Welches unsichtbare Band existierte zwischen mir und jenem Fleckchen Erde am Mittelmeer, wo ich nie gewesen war und wo ich niemanden kannte? Die Feier verwandelte sich von einer braven Party in einen erregten Wortkrieg, der sich, wie ich es schon öfter erlebt hatte, im bitteren Beharren auf unversöhnlichen Standpunkten in bezug auf die Fakten und deren Interpretation totlief. Hatten die Juden die Palästinenser nun '48 vorsätzlich vertrieben oder nicht? Zielte der Terror der Irgun bewußt auf die Vertreibung der Palästinenser ab? Oder hatten diese das Land aus freien Stücken vorübergehend verlassen, um ihren Brüdern den Raum dafür zu verschaffen, diese Juden ins Meer zu treiben? Drei Tage später begegnete ich Mieke auf einem Flur im Institut. Sie blieb stehen und sprach mich an. Unumwunden bezog sie Stellung gegen ihren Freund; sie schmeichelte mir mit ihren Formulierungen, flirtete mit ihrem schönen Mund und ihren lachenden Augen. Wir verabredeten uns.

Ich will diese Zeit mal die *Periode der beruhigenden Verwirrung* nennen. Etiketten sind schön und verbreiten den Geruch von Wissenschaftlichkeit. Die *Periode der beruhigenden Verwirrung* ist gekennzeichnet durch eine Vielzahl von Eindrücken und Erfahrungen sowie durch die Erwartung, daß sich in dem verwirrenden Sammelbecken meines Daseins in nächster Zukunft Richtung und Sinn abzeichnen würden. Hoffnungsfroh lebte ich der Zukunft entgegen. Im ersten Sommer, dem Sommer '65, fuhren Mieke und ich in den Ferien gemeinsam nach Italien, wo ich die erschütternde Entdeckung machte, wie trostreich (obwohl ich das Wort damals nicht benutzt hätte, damals hätte ich vielleicht gesagt: »angenehm« oder: »schön«, aber es war trostreich, es linderte und machte erträglich) ein Bummel durch Trastevere und ein Teller Spaghetti und ein Glas Wein am späten Abend im Garten eines ländlich gelegenen Hotels waren. Auf dem Rückweg besuchten wir ihre Eltern, die sich in Umbrien ein Häuschen gemietet hatten. Sie wußten nichts von meiner Existenz, und ich hielt es für besser, sie zuerst auf andere Weise über mein Vorhandensein und mein Verhältnis zu ihrer einzigen Tochter zu informieren, doch Mieke ließ sich nicht umstimmen, wir müßten unbedingt bei ihnen vorbeifahren, sie wolle sie überraschen.

Als wir dann in dem Ferienhäuschen standen, das sich als großes Landhaus voller Antiquitäten entpuppte, begriff ich, warum Mieke mich mitgelotst hatte: Ich war der Schlußstein in der Schocktherapie, der sie ihre konservativ-katholischen Eltern in den letzten zwei Jahren unterzogen hatte: Ich, der Beschnittene, war der fleischgewordene Bruch mit ihren Eltern. Sie benutzte mich, wie ich sie benutzte. Voller Rachsucht zauberte sie mich aus dem Zylinder hervor. Sie klopfte nicht mit einem ausgetretenen Priester an ihrer Seite an, nein, neben ihr stand ein Jude. Und so wurde das erste Mal, da mich ein Mädchen seinen Eltern vorstellte, auch zum ersten Mal, da man mir die Tür wies.

Sie waren nicht sofort feindselig. Ihr Vater hatte aufgemacht und umarmte seine Tochter überrascht, und in dem Moment, als meine Hand in der seinen

lag und unsere Arme die friedliebende Schüttel-
bewegung machten, sah ich bei ihm den Gedanken
aufkommen, daß die Hand, die er jetzt schüttelte,
in den vergangenen drei Wochen seine Tochter ge-
streichelt hatte. Wenn wir auf der Stelle unsere Ver-
lobung bekanntgegeben hätten und ich meine Be-
reitschaft erklärt hätte, mich am nächsten Tag in
der nahe gelegenen kleinen Kapelle taufen zu lassen,
hätten wir die Situation retten können. Aber Mieke
vermied es, mich zur Sprache zu bringen, und zu
meiner Verblüffung wagten auch ihre Eltern nicht,
sich nach meiner Identität und Empfehlungsschrei-
ben zu erkundigen. Mieke stellte eine Art Waffen-
ruhe her, indem sie von ihren Erlebnissen in Italien redete. Abends, im Taxi zum Bahnhof in Assisi,
sagte sie mir dann, daß sie sich monatelang diesen
Tag ausgemalt und sich unzählige Male vorgestellt
habe, was wohl passieren würde.

Als wir am Tisch Platz genommen hatten und
ihr Vater den Wein einschenkte, erzählte sie jäh-
lings, daß ich Jude sei und wir in den vergangenen
Wochen jede Nacht miteinander geschlafen hätten.
Der Wein spritzte über das weiße Tischtuch und
das blitzende Porzellan, ihre Mutter schrie ihren
Namen, und dann ertönte die laute Stimme ihres
Vaters, der uns hinauswarf.

Ich war verblüfft über die Kaltblütigkeit, mit der

sie diesen tragikomischen Vorfall herbeigeführt hatte, und erst im Taxi, das ich von einer Telefonzelle aus angerufen hatte, verliebte ich mich wohl so richtig in sie. Daß sie mich als Schachfigur in ihrem Spielchen eingesetzt hatte, war für mich unerheblich. Ich war ihr dankbar (auch das Wort *dankbar* wäre mir damals nicht über die Lippen gekommen, dennoch war ich es), daß sie mich irgendwie mit einbezog, mir das Gefühl vermittelte, daß ich für sie eine Bedeutung hatte. Sie paarte Kaltblütigkeit mit Momenten tiefen Zweifels, entdeckte ich, und so begann sie nach drei Jahren Soziologie Französisch zu studieren, ohne daß sie einen einzigen triftigen Grund für diesen Wechsel gehabt hätte. Sie war ihr Studium leid, wollte etwas anderes, und Französisch war die erste Alternative, die ihr einfiel. Im Zuge der Abnabelung von ihren Eltern hat sie mich kühl und zielgerichtet manipuliert, aber als sie frei war und nicht länger die Last der engstirnigen Moral spürte, die ihr allmählich die Gebärmutter zugedrückt hatte, suchte sie verzweifelt nach einem Halt, und ich war zu der Zeit derjenige, der ihr am nächsten stand und zu diesem Halt wurde.

Trotzdem war sie kaltblütiger als ich, das wußten wir beide. Wenn es sein mußte, konnte sie schnell und effektiv vorgehen, denn ich rief in solchen Fällen ohnmächtig um Hilfe und kam nicht von der Stelle. (Ich beziehe mich hier auf einen einzigen konkreten Fall, als Mirjam im Urlaub in Zeeland vor unserem Häuschen angefahren wurde und ich nur schreien konnte und wie gelähmt am Fenster stehenblieb, während Mieke hinausrannte, Mirjam mit Hilfe eines Passanten ins Auto trug und sie ins Krankenhaus fuhr.)

Ich leugne nicht, daß es vor der jetzigen Periode, die – ich liebe hochtönende Etiketten – den Namen *Periode der manifesten Verzweiflung* trägt, anscheinend harmonische und gedeihliche Perioden gegeben hat, die meinem Leben Farbe verliehen. '72 und '74 bekamen wir Kinder, wir zogen in eine geräumigere Wohnung in Amsterdam-Zuid um, wir erlebten Perioden wie die *Periode der ersten Zähnchen*, die *Periode des Häuschens am Meer* und die *Periode blendenden Glücks* (als unsere älteste Tochter, Hanna, mit fünf Geigenunterricht von Mieke bekam, die selbst ganz annehmbar spielt, und sich zu unserer grenzenlosen Rührung herausstellte, daß sie Talent hatte, mehr als Mieke und ich zusammen, falls so etwas überhaupt möglich ist, an Wissen und Talent an sie hätten übertragen können).

Ich kann keinen einzelnen Vorfall anführen, der das bösartige Scharnier dargestellt hätte, welches mich von Mieke abkehrte; in einem schleichenden Prozeß wurde über winzige Schocks deutlich, wie verschieden die Motive waren, die uns veranlaßt hatten, nebeneinander zu leben. Während Mieke zufrieden in der relativen Schwerelosigkeit innerhalb unserer Familie schwebte – was nicht hieß, daß sie aufgehört hätte, sich in die moderne französische Literatur zu vertiefen, im Gegenteil –, war ich hartnäckig auf der Suche nach festem Boden, nach einem Gebiet, einem Land.

Zu Beginn dieser Periode, der schon erwähnten *Periode der manifesten Verzweiflung*, habe ich die Arbeit an einem Buch über die Flucht Ludwigs XVI. aus den Tuilerien aufgenommen. Mieke begrüßte das Vorhaben sehr; die Kinder lauschten interessiert den Antworten auf ihre Fragen und quietschten vor Vergnügen, als sie hörten, daß jemand eine Zahl in seinem Namen trug.

Ich hatte '70 Examen gemacht und vorübergehend an einer Schule in Amsterdam-West unterrichtet. Zwei Jahre später, als Mieke Hanna erwartete, konnte ich eine feste Stelle an einer Schule im Stadtzentrum bekommen, die ich annahm, obwohl ich nicht mit dem Ziel studiert hatte, Lehrer an einer weiterführenden Schule zu werden. Mir schwebte etwas Vages vor, ich konnte es nicht exakt benennen, aber das Schreiben von Biographien kam dem nahe. Ich wollte mich gewissenhaft mit der Vergangenheit befassen, in Form tiefschürfender Studien, bei denen ich mich auch gänzlich unauffälligen Figuren widmen wollte. Mehrmals dachte ich an die Biographie eines unbekannten Mannes, der aber dank der vielen Besonderheiten und der Durchdachtheit meiner Untersuchung bekannt werden und zu historischer Bedeutung gelangen würde. Doch diese Biographien nahmen nie mehr als äußerst verschwommene Konturen an. Mein Studienabschluß bot nur wenige Möglichkeiten. Wer Glück hatte, ergatterte eine Stelle als wissenschaftlicher Mitarbeiter am Institut selbst oder an einem der Handvoll unabhängiger Institute sonstwo im Land, in denen etwas mit Geschichte gemacht wurde, aber für die meisten lief es auf eine Beschäftigung an einer weiterführenden Schule hinaus, der sie ihr Leben lang verbunden bleiben würden.

In der *Periode der manifesten Verzweiflung* begann meine Arbeit mich zu irritieren. Mir wurde immer klarer, daß kein einziges Wort über die Vergangenheit den geringsten Sinn hatte. Die Schüler starrten mich nur stumpfsinnig an, wie mir schien, nichts blieb in ihren porösen Hirnen hängen; so blind, wie sie die Vergangenheit angegafft hatten, würden sie auch in die Zukunft tappen. Solchen Gedanken erlag ich natürlich nicht dauernd, doch sie geben in etwa die Stimmung wieder, die mich damals beherrschte. Mit Mühe schleppte ich mich morgens in die Schule, vor der Leere der Stunden schaudernd, die mich dort erwarteten, und mit dem Mut der Verzweiflung versuchte ich mein Desinteresse zu verbergen. Klassenarbeiten, Referate, Prüfungen – ich hätte sie am liebsten abgeschafft, weil abgefragtes Wissen zu nichts führte. Die Geschichte trug keinen Sinn in sich, führte nirgendwohin, war eine amorphe Masse, in der einige trügerische kleine Fakten eine dubiose Kette aus Ursache-und-Wirkung-Verbindungen gebildet hatten, um die Arbeit von Historikern zu legitimieren und die Wahrheit von Ideologien zu belegen. Weil sich Vorfälle ereigneten, mußte es Ursachen geben, doch nie war in der fragwürdigen Liste der Faktoren von dem blendenden Faktor *Zufall* die Rede, der jeder Kausalität spottet und jede Lehre aus der Vergangenheit stupide erscheinen läßt.

Oft habe ich daran gedacht, den Unterricht mit einer Warnung vor der verführerischen Glaubwürdigkeit der Vergangenheit zu beginnen. »Mißtraut der augenscheinlichen Vernünftigkeit der Geschichte«, würde ich sagen, »sie nimmt einem nachts wie ein Dieb, was sie einem bei Tag geschenkt hat, sie ist ein Luder, das Gefallen daran findet, einen irrezuführen und in dem Bad, in dem wir am liebsten planschen, dem Bad der Vernunft, ertrinken zu lassen. Sie lädt dazu ein, Gestalten als wahr anzunehmen, die nicht mehr als Luftspiegelungen sind, und wenn man mit erhitztem Kopf entdeckt hat, daß man an eine Fata Morgana geglaubt hat, und ins erfrischende Bad der Vernunft springt, hockt sie einem plötzlich auf dem Rücken und füllt einem die Lungen mit giftigem Wasser. Ich hoffe, ihr mögt euch anhören, was ich zu erzählen habe, nicht, damit euer Vertrauen in die Geschichte wächst, sondern damit euer Mißtrauen geschärft wird.«

Aber natürlich habe ich keine einzige Stunde so angefangen, was auf meine Abscheu vor Problemen mit dem Direktorat und eine ganz gewöhnliche Portion Feigheit zurückzuführen ist – und im übrigen hätten die Schüler mich ausgelacht.

Auch daß die Schüler so leicht zu beeinflussen waren, ging mir allmählich gegen den Strich. Um einen direkten Bezug zur Aktualität herzustellen, sprach ich mit der vierten und fünften Klasse eine Stunde pro Woche über die wichtigsten politischen Ereignisse, und mir war aufgefallen, wie stark sich die Haltung gegenüber Israel in den letzten Jahren gewandelt hatte. Ich fungierte in diesen Stunden als Stichwortgeber, mußte die Diskussionen unter den Schülern begleiten und, wenn nötig, die Fakten richtig interpretieren (als hätte ich das gekonnt, als wäre ein Mensch dazu imstande). Gleichermaßen unaufrichtig, oberflächlich und modisch, wie es wenige Jahre zuvor die beinahe selbstverständliche Entscheidung für Israel gewesen war, schlugen sie sich nun auf die Seite der Palästinenser, und ich hatte angesichts derart peinlicher Darbietungen des Bäumchen-wechsle-dich Mühe, an mich zu halten. Lange beschwichtigte ich mich mit der Entschuldigung, daß es sich ja um junge Leute handelte, doch später kam gerade diese Entschuldigung für mich noch als erschwerendes Argument hinzu. Schon jetzt waren sie von dem simplifizierenden Gefasel von Presse und Parteien infiziert und übernahmen Standpunkte, bei denen Begriffe wie »Wahrheit« und »historisches Recht« den Blick trübten. Manche Schüler waren schon wahlberechtigt, die meisten würden über kurz oder lang studieren und politisch aktiv werden. Aber *ich* leitete die Diskussionen und hatte nuanciert zu bleiben, gleichgültig, ob es nun um Kernenergie, Abrüstung, die Dritte Welt oder die Palästinenser ging. Schließlich schaffte ich zum Ende des Schuljahrs die wöchentliche Diskussionsstunde ab. Die neuen Klassen mußten auf meine nuancierte Leitung verzichten.

Ich nahm mir vor, meine Probleme nicht an der Familie abzureagieren. Doch es gelang mir nicht, meine Gereiztheit zu verbergen. Ich ertrug weniger, fuhr Mieke und die Kinder schneller an. Obwohl Mieke das sofort aufgefallen sein mußte, nahm sie meine Ausbrüche unverändert hin, als Zwischenfälle. Wahrscheinlich wartete sie auf den Moment, da ich ihr meine Probleme anvertrauen würde, aber ich war kaum dazu imstande, die genauen Ursachen auszumachen und zu formulieren. Ich schwieg, verschanzte mich soviel wie möglich in meinem Arbeitszimmer und versuchte neben der Unterrichtsvorbereitung und dem Korrigieren von Klassenarbeiten an der Studie zu arbeiten – was selten gelang.

Die nächsten Sommerferien verschafften eine gewisse Erleichterung. Wir verbrachten die vielen Wochen dieses Sommers in unserem Häuschen in Zeeland, und es gelang mir, den Schatten der Harmonie aufzusuchen. Ich entdeckte, daß die Kinder Individuen mit unabhängigen Charakteren waren, die die Welt, in der sie lebten, ergründen und in den Griff bekommen wollten, und zwischen Mieke und mir kam in fragiler Form wieder eine Zärtlichkeit auf, die lange nicht dagewesen war. Ich verstand nicht, wieso ich mich nun auf einmal doch zu meiner vollen Zufriedenheit in diesen Mikrokosmos fügen konnte, wieso ich das Verlangen nach der Weite eines Makrokosmos verloren zu haben schien, doch ich vermied es, weiter darüber nachzudenken, denn ich fürchtete, daß die Ausgeglichenheit, die ich erreicht hatte, schon durch die kleinste Berührung erschüttert würde.

Das neue Schuljahr wurde ein Greuel. Die kleinen Machtkämpfe unter der Lehrerschaft brachen mit ganzer Heftigkeit wieder los. Nach der Ruhepause der Sommerferien, die sie offenbar genutzt hatten, um aufs neue Machiavelli zu lesen, trachteten meine Kollegen danach, ihre Position und ihren Einfluß auszubauen, und schon bald wurde das große Lehrerzimmer erneut in Territorien für die verschiedenen Cliquen aufgeteilt, die sich in den Pausen zusammenscharten und die Territorien der Konkurrenten sorgsam mieden. Ich gehörte zu einer kleinen Gruppe Neutraler, die es ablehnten, zur Verpestung der Kollegialität beizutragen, doch auch wir wurden als Clique betrachtet, und das Eckchen des Zimmers, in dem wir unsere gegenseitige Bestätigung suchten, galt anderen gleichermaßen als feindliches Territorium. Wie Halbwüchsige spielten wir hier die böse Welt nach, und das entzog jedem von uns eigentlich die moralische Berechtigung, junge Menschen zu unterrichten und auf das Erwachsensein vorzubereiten; dennoch verseuchten wir die Kinder, Stunde für Stunde, Tag für Tag.

Als sich in dem Schuljahr die Weihnachtsferien näherten, reifte der Plan, die beiden freien Wochen in Paris zu verbringen. Ich wollte nach neuen Möglichkeiten für das Buch forschen. Ich mußte mich an Ludwig XVI. klammern, wenn ich nicht wahnsinnig werden wollte, log ich mir vor. Der Videorecorder stand damals schon seit knapp einem Jahr unter dem Fernseher, und je länger die Abende wurden, desto mehr guckte ich. Ich hatte entdeckt, daß das entspannte, ablenkte.

Mieke hatte nichts gegen meine Reisepläne einzuwenden. Ich vermutete, daß sie meine Abwesenheit nutzen wollte, um mit den Mädchen Weihnachten bei ihrer Mutter zu feiern, die inzwischen allein lebte, wenn auch nicht von ihrem Mann geschieden war. Ich hatte mich seit unserer Heirat dagegen gesträubt, und nie hatte ein geschmückter Christbaum bei uns im Haus gestanden. Die Mädchen haben immer den Mund gehalten, aber jedesmal entdeckte ich im Laufe des Januar zusätzliche Puppen und Kleider, die weder ich noch Mieke für sie gekauft hatten und denen die Hand und der Geschmack ihrer Großmutter anzusehen war.

Am zweiten Tag der Weihnachtsferien, einem eisigkalten Abend, floh ich für zwei Wochen nach Paris. Mieke und die Kinder winkten mir nach. Ich war ein Mistkerl, wurde mir bewußt. Ich stachelte mich selbst an, lief mir selbst hinterher, forschte nach Schemen und Scheingestalten. Das Taxi stand unten vor der Tür, Dampfschwaden krochen über die warme Motorhaube. Ich stieg ein und wurde zum Zug gefahren, der mich ein halbes Jahr später, am zweiten Samstag der Sommerferien, wiederum nach Paris bringen sollte.

Aber das wußte ich damals noch nicht. Wie konnte ich damals auch wissen, daß ich ein halbes Jahr später mit einer französischen Freundin Richtung Paris reisen würde?

3

Ein halbes Jahr später hatte ich mich mehrmals heimlich mit Pauline getroffen. Ich hatte mit ihr das Van Gogh Museum besichtigt, war mit ihr essen gegangen, hatte im Jan Luijken Hotel das Bett mit ihr geteilt und gefürchtet, daß irgendein Bekannter uns sehen könnte. Sie erwartete mich am Hauptbahnhof, wo wir zusammen den Zug nach Paris nehmen würden. Sie würde freilich in Compiègne aussteigen, wo ihre Eltern ihre Silberhochzeit feierten. Wir hatten gemeinsam eine wunderschöne antike Schale für sie gekauft, die Pauline allein nicht hätte bezahlen können. Ich kam mir wie ein Betrüger vor.

Als ich aber, nachdem ich kontrolliert hatte, ob alle Fenster und Gas- und Wasserhähne zu waren, zum Bahnhof aufbrach, die Haustür hinter mir abschloß, den Koffer hochhob und die Treppe hinunterstarrte, wurde mir für einen abscheulichen Moment bewußt, wie unsinnig die beabsichtigte Reise war, und ich fühlte mich versucht, wieder hineinzugehen und mich für den Rest des Tages hinter der Deckung erlösender Lautsprecher und tröstender Fernsehbilder zu verschanzen.

Ich blickte auf die breite Treppe, die sich in einer einzigen schrägen Linie vom zweiten Stock, in dem unsere Wohnung lag, bis ins Erdgeschoß zog. Genau in der Mitte wurde sie von einem Absatz in eine obere und eine untere Hälfte geteilt, auf den aber keine Tür hinausführte; er diente lediglich als Ruhepunkt zwischen den sonst so unübersichtlich vielen Stufen. Die Treppe war unser »freier Aufgang«. Glattes, dunkelgraues Linoleum, mit abgeschliffenen Eisenrändern verstärkt, bedeckte die Stufen. Unterhalb der hölzernen Treppengeländer, die sich ohne Unterbrechung bis nach unten zogen und auf dem Absatz zwei elegante Biegungen machten, waren die Wände hellgrau. Ihre Struktur wich dort vom Rest des weißen Treppenhauses ab. Unter den Geländern wiesen die Wände nämlich kleine Buckel auf, Tausende winziger Erhebungen aus einem festeren Kalk, der die Wände schützte. Erwartete ich etwa, ich könnte im Putz eine Antwort auf meine Fragen lesen? Die Einfachheit einer Signale aussendenden materiellen Welt war verlockend; ich wünschte mir, die ausgetretene dritte Stufe wäre nicht ohne Bedeutung, der abgestoßene Rand bei den Biegungen im ersten Stock trüge eine eigene, erkennbare Botschaft und das Treppenhaus würde mir, wenn ich genau hinhörte, etwas zuflüstern. Mir ging plötzlich auf, wie erlösend es sein mußte, wenn man abergläubisch durchs Leben ging; jeder Kratzer war ein Zeichen, jedes Geräusch ein Signal. Vergebens wartete ich auf eine Weisung und kam mir dann lächerlich vor, wie ich da so reglos oben an der Treppe stand und das Treppenhaus beäugte. Ich setzte den rechten Fuß auf die oberste Stufe und ging hinunter; mein Hang zu theatralischen Gesten war krankhaft.

Draußen erwartete mich ein warmer Morgen. Die Sonne warf scharfe Schatten auf den Asphalt, verirrte Geräusche hallten durch die leere Straße. Es war noch früh, Samstagvormittag. Ich stand als einziger an der Straßenbahnhaltestelle. Nach einigen Minuten fuhr ein Auto vorüber, das schläfrig langsam um die Ecke verschwand. Die lächerliche Idee, die sich in meinem Kopf festgesetzt hatte, zwang mich, laut und auffällig abzureisen; aus jeder Geste – Koffer hinstellen, auf die Armbanduhr sehen, die Augen reiben –, ja sogar aus den leeren Momenten zwischen den Gesten wollte ich einen dramatischen Höhepunkt machen. Ich hatte der Idee nachgegeben und mußte leidend abreisen. Bewegt blickte ich zu der Straßenecke, wo jeden Moment die gelbe Nase der Straßenbahn auftau-

chen konnte, und wartete auf die große Ergriffen-
heit.

Ich wollte Philip sehen. Ich wußte nicht, wo er
war, aber er lebte irgendwo dort, um die Bastille
herum, im dritten Arrondissement, an der Seine.
Ich hatte keine Adresse von ihm, keine Telefon-
nummer, wußte nicht, ob er verheiratet war und
Kinder hatte. Aber er mußte irgendwo dort sein;
es gab einen Kiosk, an dem er sich morgens die
Zeitung holte, ein Café, in dem er seinen Espresso
und seinen Absinth trank, ein Geschäft, in dem er
seine Oberhemden kaufte. Ich war bereit, tagelang
durch Paris zu laufen und überall nach ihm zu fragen und sein Gesicht zu beschreiben und die An-
gaben zu seiner Person zigmal zu wiederholen. Ich
wollte Philip sehen, obwohl ich davon überzeugt
war, daß ich ihm niemals begegnen würde, und ich
kam mir vor wie der Held in einer Tragödie, der
trotz banger Vorahnungen seine Aufgabe vollbringt.
(Warum tut der Held das? Weil die Aufgabe, die er
auf sich genommen hat, edel ist. Oder weil sich,
wie im vorliegenden Fall, Finsternis über sein Dasein senken würde, wenn er seiner fixen Idee nicht
nachgab.)

Die Straßenbahn glitt auf mich zu. Ich stieg ein
und nahm auf einer Sitzbank Platz, die irgendein
unzufriedener junger Mann aus Protest gegen diese

Gesellschaft zerschnitten hatte. Während mich die Straßenbahn zum Hauptbahnhof brachte, suchte ich in den Straßen nach Zeichen, die meinen Entschluß, nach Paris zu fahren, unterschrieben. Hatte der Zeitungspacken vor der Tür eines Tabakladens eine Bedeutung? Die reglos über einer Kneipe herabhängende Fahne? Die zu Brei gefahrene Taube auf dem Straßenpflaster, in deren Eingeweiden ich lesen konnte?

Eine Stunde vorher, nachdem Mieke zu dem Häuschen in Zeeland aufgebrochen war, hatte ich mich zu Hause kurz aufs Bett gelegt. Die Sonne stand über dem Dach der Häuserreihe gegenüber, auf meinem Gesicht lag das sonnige Muster der Gardine, die Krone der Ulme im Innengarten kostete das Sonnenlicht.

Ich hatte mich noch nicht entschieden, ob ich Pauline begleiten und nach Paris fahren würde. Der aufgedrehte Aufbruch der Kinder nach Zeeland hatte die Wohnung mit Taschen und Spielzeug, Lachen und Summen angefüllt und mich völlig in Anspruch genommen. Ein bizarrer kleiner Rest von Verantwortungsbewußtsein nötigte mich, ein überzeugendes Argument hervorzuzaubern, doch alles, was mir in der Abgeschiedenheit des Schlafzimmers einfiel, kam mir dürftig vor, ich konnte mich auf nichts berufen, ich machte mir selbst etwas vor und kroch in einem eigenhändig geschmiedeten Käfig herum. Als ich aufstand, um in meinem Arbeitszimmer nach Argumenten zu suchen, wurde mir bewußt, daß ich mich mit dem Kopf zum Fußende hingelegt hatte.

Das Zimmer war peinlich aufgeräumt. Auf der leeren Schreibtischplatte lag herausfordernd ein schwarzer Füller, der danach schrie, benutzt zu werden. Auf den Regalbrettern standen die Bücher in Reih und Glied am Rand ausgerichtet und sauber abgestaubt; sogar der kleine graue Papierkorb war leer, wie auch die Seiten des Papiers, das in einem Stapel rechts auf dem Aktenschrank lag. Ich setzte mich und nahm das Manuskript aus der Schublade.

Die Ecken der verschlissenen ockergelben Mappe waren eingerissen, bleich und zerfleddert lag sie auf der dunklen Schreibtischplatte. Vorsichtig schob ich das breite Gummiband von der Mappe, deren oberer Deckel sofort aufklappte und den Blick auf das Deckblatt freigab: *Place de la Bastille, eine Untersuchung über die Zufälligkeit der Geschichte*. Doch dieser hochtrabende Titel, den ich mit der Maschine getippt hatte, war durchgestrichen und durch einen anderen, mit der Hand geschriebenen ersetzt: *Die Flucht nach Varennes, eine Geschichte*

ohne Historie. Auch dieser Titel krankte an über-
zogenen Erwartungen, entsprach der Sache aber
schon eher. Unter dem Deckblatt lag die erste
Seite, dicht beschrieben und voller Streichungen,
Hinzufügungen, Korrekturen. Nur der erste, ein-
leitende Absatz war in den vergangenen drei Jahren
unverändert geblieben: »Geschichte besteht aus sub-
jektiven, von Individuen mit persönlichen Vorlieben und Abneigungen angestellten Interpretationen
einer von keinem Sterblichen zu bewältigenden
Anzahl von Ereignissen, Gemütsbewegungen und
Naturkatastrophen, die alle zusammen den Lauf
der Menschheit zeichnen. Angesichts der unge-
heuren Dimensionen der Materie ist niemand imstande, zu einer auch nur annähernd kohärenten,
umfassenden Interpretation der Taten und Ideen
zu gelangen, welche die Menschheit in der Vergangenheit hervorgebracht hat und mit welchen wir
noch heute bis in die kleinsten Besonderheiten un-
seres Alltagslebens hinein konfrontiert werden.
Die Geschichte existiert nicht, sie verändert sich,
weil wir uns verändern. Jede Gegenwart hat ihre
eigene Vergangenheit.«

Ich blätterte weiter. Ich verwendete die Namen
von Personen, denen ich nie begegnet war, als hätte ich jahrelang in ihrer Gesellschaft verkehrt. Fersen, Madame de Tourzel, Comte de Moustier, Bal-

thasar Sapel, Baronne de Korff, le Dauphin, Marie Antoinette. Ich ließ sie denken, was ich wollte, und handeln, wie es mir paßte, hielt mich aber dennoch, zumindest im ersten Teil der Studie, an die Fakten, wie sie aus Berichten, Tagebüchern und Briefen aus jener Zeit entstanden sind (es gibt diese Fakten nicht: Das Material züchtet Fakten – und wir akzeptieren sie). Ludwig XVI. und Marie Antoinette wollten am 20. Juni 1791 mit ihren Kindern aus dem Tuilerien-Palast, wo sie im Prinzip wie Gefangene bewacht wurden, ins Ausland fliehen. Ein groß aufgezogenes Komplott schlug fehl; nicht wegen Verrat und genausowenig wegen Fehlern der Komplottbeteiligten. Am 20. und 21. Juni 1791 wurde über das Schicksal der Revolution entschieden. Aber von wem? Eine ganze Kette von Ereignissen – Zufälligkeiten – führte zum Scheitern des Fluchtversuchs. Aber niemandes entschlossenes Handeln oder persönliches Versagen brachte die Kutsche in Varennes zum Stehen. (Eine große Berline, eine sechsspännige Kutsche, sollte die Familie befördern. Auf dem Bock hatten Graf Axel von Fersen und der Comte de Moustier Platz genommen. Hinten auf der Kutsche saß der Comte de Malden, und als Postillon fungierte Fersens Kutscher, Balthasar Sapel. Der Kutsche voranfahren sollte ein Kabriolett, ein kleinerer Einspänner, mit den beiden *femmes de chambre*, Madame Brigny und Madame Fourville.) Hier bleckte die Geschichte mit dreckigem Grinsen ihre faulen Zähne. Ihr zischendes Lachen durchschnitt meinen Kopf, und spöttisch zeigte sie mir ihre blutigen Hände. Als ich vor drei Jahren mit dem Buch begonnen hatte, hatte die schwindelerregende Verzweiflung, die mich bei der Annäherung an den Stoff jedesmal befiel, eine fieberhafte Arbeitswut ausgelöst. Ich begriff nicht, wovon eine geschichtliche Tatsache bestimmt wurde, welche Faktoren dabei eine Rolle spielten, warum das eine Vorhaben zum Scheitern verurteilt war und das andere nicht, und dieses quälende Unverständnis trieb mich täglich zur ockergelben Mappe, in der die fehlgeschlagene in eine geglückte Flucht verwandelt wurde. Im letzten Jahr hatte ich freilich wenig daran gearbeitet; nun lähmte und entmutigte mich mein Unverständnis. Historia kehrte mir ihren verbrauchten Rücken zu und lachte sich über meinen hoffnungslosen Versuch ins stinkende Fäustchen.

Ich blätterte weiter und sah zwischen den Unterlagen den großen unadressierten Umschlag, den ich in dieser Mappe aufbewahrte, weil ich nicht wollte, daß Mieke ihn fand; in diese Mappe würde sie nicht schauen, die war heiliges Gebiet, das sie nicht betrat. Ich zog die Negative heraus und hielt sie gegen das Licht. Gewöhnliche Schnappschüsse von Pariser Sehenswürdigkeiten, Louvre, Hôtel de Ville, Place des Vosges, zum dreißigsten Mal fotografiert, doch diesmal nicht der Gebäude, sondern der jungen Frau wegen, die auf allen Aufnahmen abgebildet war.

Es war Weihnachten kalt gewesen in Paris. Pauline trug einen dicken Mantel und Wollfäustlinge, mit denen sie sich oft über die roten Wangen rieb, damit wieder Leben hineinkam, einen langen grünen Schal, der mehrmals um ihren Hals gewickelt war, und eine dunkelbraune Mütze auf dem Kopf. Nur auf ein paar der Negative, auf denen die Farben in Grautöne verwandelt waren, lachte sie. Meistens blickte sie ernst ins Objektiv, eine Hand in der Manteltasche, mit der anderen den Schal umklammernd. Doch was ich für Ernst gehalten hatte, war Unsicherheit, sah ich jetzt: Fragend schaute sie mich an, nach den Motiven forschend, die mich eine *petite affaire* mit ihr hatten anfangen lassen. Und auf drei Negativen, dem letzten Streifen, den ich gegen die Sonne hielt, sah ich links hinter Pauline die Silhouette eines Mannes.

Ich hatte Abzüge von allen Aufnahmen in meinem Koffer und kannte das Rätselhafte seines Gesichtsausdrucks: Weinte er, oder war die Kälte schuld daran, daß ihm die Augen tränten? Den

Kragen seines langen Wintermantels hatte er hochgeschlagen, zwischen den Revers schimmerten die Falten eines vermutlich seidenen Halstuchs hervor, und in der rechten Hand hielt er ein Paar dünner Handschuhe, die er, so schien es, kurz zuvor ausgezogen hatte. Über seiner linken Hand, die in der Manteltasche versteckt war, lugte gerade noch der helle Rand einer Manschette aus dem Ärmel hervor. Unter dem bis über die Knie reichenden Wintermantel sah man ein Paar ziemlich weiter Hosenbeine mit messerscharfer Bügelfalte. Die Schuhe glänzten, schienen nagelneu zu sein. Er hatte den Blick unverkennbar auf mich gerichtet, den Fotografen, der ich in dem Moment war. Auf seinen Unterlidern lag eine breite Schicht Nässe, und er lächelte wie jemand, der einem kranken Verwandten Kraft wünscht. In seinem schmerzlichen Lächeln lag der Entschluß, mich nicht anzusprechen und mich davongehen zu lassen.

Aber wieso hatte er sich nicht umgedreht, als er merkte, daß ich ein Foto von Pauline und dem leeren Platz machen würde? Ich wollte ein Foto von ihr auf der Place de la Bastille, einem kahlen, kalten Platz, auf dem niemals etwas stattgefunden hat, einem häßlichen Platz, der mit Tausenden von Steinen gepflastert ist, auf denen sich Autoreifen und Schuhsohlen verschleißen, aber nicht die Historie.

Obwohl er sah, daß ich den Fotoapparat ans rechte Auge setzte, hat er sich nicht abgewandt. Er hat mich nicht angesprochen, wollte aber doch ein Zeichen geben, daß er existierte und am Leben war, gut gekleidet und genährt – auch ihn hatten sie nicht gekriegt. Wieso ist er nicht mit ausgestreckter Hand in mein Leben getreten? Wieso ist er davor zurückgeschreckt und hat mich und Pauline vom Platz gehen lassen? Irgendein Gedanke hat ihn dazu bewogen zu schweigen und lediglich zuzusehen. Im letzten Moment hat er eine mögliche Begegnung für vergebens gehalten. Ohne mir seiner Gegenwart bewußt zu sein, machte ich die Fotos, drei Fotos, weil ich mir über die richtige Belichtung im Zweifel war und sicherheitshalber zwei zusätzlich schoß.

Lebt Philip? Ist er der Mann auf den Fotos? Lacht er, und weint er?

Pauline stand in der heißen Bahnhofshalle. Sie trug einen weiten dunkelblauen Rock und eine cremefarbene Bluse und hatte das Haar zu einem Pferdeschwanz zusammengebunden. Strafend schüttelte sie den Kopf.

»Warten die Züge in diesem Land auf Historiker?« fragte sie in ihrem wunderbaren Französisch.

49

Wir küßten einander auf den Mund. Ich entschuldigte mich und sagte, daß die Straßenbahn Verspätung gehabt habe, ich hätte besser ein Taxi nehmen sollen, sei aber davon ausgegangen, daß ich noch genügend Zeit hätte.

»Wir haben noch drei Minuten«, trällerte sie durch die Halle.

Ich nahm ihre Tasche, und wir liefen zum Bahnsteig. Sie trug einen großen Karton, der ursprünglich fünfzig Päckchen Margarine zum Inhalt gehabt hatte, nun aber die antike Porzellanschale für ihre Eltern enthielt.

»Gleis sieben, Wagen fünf, Abteil sechs, Platznummern dreiunddreißig und vierunddreißig«, sagte sie, während sie nach den Bahnsteigschildern sah und mir vorausging.

»Ich brauche dich«, sagte ich zu ihrem Rücken, über dem der Pferdeschwanz tanzte, »*j'ai besoin de toi, j'ai besoin de toi.*«

Lächelnd blickte sie sich um.

»In der letzten Viertelstunde habe ich dreimal bei dir angerufen, *salaud*, ich dachte, du würdest mich allein fahren lassen.«

Wir rannten die Treppe hinauf.

4

Auch sechs Monate vorher war es im Zug komfortabel gewesen. Die kalte Landschaft, die am Fenster vorbeizog, konnte mir nichts anhaben. Draußen wirkte alles gefroren, die Häuser, die Bäume, die Straßen. Eisig lag die Kälte über den Ländereien. Manchmal trieben verwehte Rauchfahnen über den Dächern. Autos, vor der Kälte fliehend.

Ich saß am Fenster und versuchte an den Blikken der unbekannten Männer und Frauen vorbeizusehen, mit denen ich zufällig in dieses Abteil geraten war. Für einige Stunden würden wir, dadurch daß wir in diesem Abteil saßen, zueinander gehören, morgen schon würde ich sie auf der Straße nicht mehr wiedererkennen. Unsere Beine mieden den Kontakt. Wir schwiegen. Warum sollten wir reden und einander kennenlernen, wenn wir heute abend schon wieder Fremde sein würden? Manchmal der plötzliche Aufruhr, wenn jemand aufstand und zum Gang hinauswollte; Beine wurden hochgezogen, Zeitschriften beiseite gelegt, Augen geöffnet. An Bahnhöfen die rauschende Stille nach dem Schienengeratter. Man schaute auf die Uhr, ein Fahrplan gab Auskunft. Ganz gelegentlich sagte jemand was. Dürfte ich mal einen Blick in diese Zeitung oder jene Zeitschrift werfen? Für ein paar Stunden brauchten wir nicht zu funktionieren. Still saß ich in meiner Ecke.

Mein Blick irrte über die kahle Landschaft, suchte im Abteil nach dem, der aufstand oder etwas sagte. Ich schlief auch, manchmal nur wenige Minuten, und lebte zufrieden mit Menschen, die ich nicht kannte. Zweimal ein Becher heißer Kaffee, ein Käsebrötchen in Zellophan; das Vakuum der Reise linderte das Verlangen.

In der Gare du Nord war es voll und kalt. Ich hüllte mich in meinen warmen schwarzen Mantel und bewegte mich mit dem Strom über den Bahnsteig. An dessen Kopfende standen Wartende, die den Reisenden hoffnungsvoll entgegenblickten, gespannt auf das Erkennen, das die Warterei in der Kälte und die lange Reise vergessen machen würde. Draußen stellte ich mich in der Warteschlange für ein Taxi an. In den Restaurants auf der gegenüberliegenden Straßenseite brannte die Weihnachtsbeleuchtung; trotz der Kälte strahlte die Straße. Der Peugeot brachte mich in die Rue de Turbigo, zum

Hotel Chariot d'Or, wo ich die letzten Jahre immer abstieg, wenn ich in Paris war, und wo ich von zu Hause aus telefonisch ein Zimmer reserviert hatte. Während ich den Meldezettel ausfüllte, notierte die Rezeptionistin eine Reihe von Namen im Hotelregister. Sie hatte rotbraunes Haar, das straff zu einem Pferdeschwanz zurückgebunden war, und trug eine hellblaue Strickjacke. Sie schrieb mit links, den rechten Ellenbogen auf den Tresen gestützt, und blickte flüchtig und ohne Interesse zu mir auf. Um den Hals trug sie einen kleinen Davidstern. Nur durch diesen Stern fiel sie mir auf, glaube ich, dank des Zeichens an ihrem Halskettchen kannte ich ihre Vergangenheit, ohne auch nur ihren Namen zu wissen. Es war ein verzweifeltes Zeichen.

Zwei Tage lang blieb ich auf meinem Zimmer. Ich verließ es nur, um etwas zu essen und Zeitungen zu holen. Ich war in Paris, las auf dem Bett des kleinen Hotelzimmers ausgiebig Zeitung, mitsamt den Anzeigen und dem Vermischten, sah fern und wartete gespannt auf die Ruhe, die doch nun über mich kommen mußte. Wollte ich mit dem Ritual der Flucht die Rastlosigkeit bannen und danach ausgetobt und ergeben nach Hause zurückkehren? Meine Zukunft brauchte nicht trostlos auszusehen. Ich erwartete, daß ich von den Kindern würde lernen können, hoffte, sie heranwachsen zu sehen, und mit Mieke würde ich zu einem guten Einvernehmen kommen, basierend auf unser beider Erkenntnis, im Leben gescheitert zu sein. Gleichmaß und Ordnung würden sich einstellen, erzwungen von unseren Bedürfnissen und Schwächen, und ich würde mich auf den Wellen meiner Ergebenheit treiben lassen, die mich tröstete und dankbar sein ließe für alles, was mir noch in den Schoß fiel. Meine Arbeit war sinnlos, aber ich würde mich mit ihren Unvollkommenheiten abfinden und sie als abstrakte, von der Welt, von meiner Welt losgelöste Welt betrachten. Sie würde zu einem sterilen System von Regeln und Vorschriften werden, das nur dazu da war, von Lehrern an Schulen angewendet zu werden. Geschichte war bedeutungslos, meine Existenz eine brüchige Konstruktion, die aber im Laufe der Jahre durch angewehten Sand und hartnäckiges, überall wucherndes Moos stabilisiert werden würde. Mein Zynismus würde in Konservatismus umschlagen.

Am zweiten Abend sah ich in meinem Hotelzimmer eine französische Dokumentation über Japan. Zu den vollkommenen Bildern erklang schlichte, ergreifende japanische Musik. In jeder Einstellung war zu sehen, daß es dort keine Trennung zwischen Gegenwart und Vergangenheit gab wie im Westen; alles, was früher gewesen war, konnte auch jetzt noch berührt und gekannt werden; es herrschte ein Kontinuum, das das Leben den Grenzen der realen Zeit enthob und eine weitgespannte geistige Zeit schuf, in der die Tradition in ihrem ganzen Reichtum ausgeschöpft werden konnte. Verwundert sah ich mir die Bilder an, die Harmonie zwischen den Menschen und ihren Symbolen, zwischen Notwendigkeit und Verlangen suggerierten. Zum erstenmal konnte ich, sei es auch unzureichend, meine Rastlosigkeit in Worte fassen.

Am Tag darauf ging ich in die Stadt. Ich genoß die Kälte, die meine Kehle aufbrach und meine Brust lüftete. Es wurde hell hinter meinen Augen.

Paris bereitete sich auf Weihnachten vor. Millionen von Lampen erleuchteten die Straßen. Einkaufende in dicker Kleidung schleppten Päckchentürme. Überall das reiche, glänzende Geschenkpapier, das die Präsente umhüllte, die verfrorenen roten Nasen, das Trappeln, um wieder etwas Blut in die kalten Füße zu tanzen. In den Kaufhäusern am Boulevard Haussmann, die wie überdimensionale Christbäume geschmückt waren, herrschte Hochbetrieb. Ich kaufte mir einen Kassettenrecorder und eine Kassette mit japanischer Musik.

Gegen Abend betrat ich eine kleine Buchhandlung in der Rue du Temple. Ich war auf dem Rückweg zum Hotel, das zweihundert Meter weiter um die Ecke lag, und kam dabei an der staubigen Auslage mit den unordentlichen Bücherstapeln vorüber. Ich blieb stehen und entdeckte einige Bände von Tueteys *Répertoire général des sources manuscrites de l'histoire de Paris pendant la Révolution française*, eines zwischen 1890 und 1914 erschienenen Nachschlagewerks, die für meine Studie von Nutzen sein konnten. Ich ging hinein, kaufte die Bücher und ließ sie mir einpacken.

Während ich wartete, bis der alte Antiquar die Bücher in Weihnachtspapier verpackt hatte, betrat eine junge Frau den Laden. Ich erkannte sie erst, als sie in dem überheizten Laden ihren Schal löste und ich den Davidstern um ihren Hals sah. Sie kam offenbar wegen eines ganz bestimmten Buchs und nicht, um sich umzuschauen, denn sie suchte erfolglos zwei Regale ab, unter P und M. Als sie nachdenklich vor sich hin starrte, entdeckte sie offenbar auf einem Tisch das Buch, das sie wollte: Poliakows *Le mythe aryen*. Sie schlug es auf, las einen Satz und kam mit dem Buch zur Kasse, wo sie dann neben mir stand.

Sie hatte ein schönes Profil, das mir sofort gefiel, und unsicher umherblickende, feuchte Augen. Ihre Nasenflügel waren rot von der Kälte, ihre Lippen glänzten von der Kakaobutter, mit der sie sie eingefettet hatte, und sie rieb sich ein paarmal über die Ohren. Einer plötzlichen Eingebung folgend und bevor ich dem Gedanken hätte widerstehen können, sprach ich sie an. Ich grüßte sie. Sie wandte mir ihr Gesicht zu und schwankte zwischen Empörung und Verwirrung. Sie erkannte mich nicht wieder, grüßte dennoch zurück, schlug aber gleich die Augen nieder. Es trat eine kurze Stille ein, während der wir beide der langsamen Einpackerei des Antiquars zusahen. Dann sagte ich, daß ich in dem Hotel wohnte, in dem sie arbeitete. Sie sah mich erneut an, forschte in ihrem Gedächtnis, lächelte nun.

»Ja, ich erkenne Sie wieder«, sagte sie mit ihrer überraschend sanften Stimme, die ich bis dahin gar nicht gehört hatte, »Sie sind Herr de Wit. Ich sah Sie heute morgen weggehen.«

Sie sprach meinen Namen englisch aus, wie Dewitt, was charmant klang.

Ich nickte, sah zu dem Buch, das sie vor sich auf den Ladentisch gelegt hatte, und fragte:

»Sie wollen sich an Poliakow machen?«

Sie wußte nicht, was sie auf diese Frage antworten sollte, und sagte nur ja, wobei sie mich forschend ansah.

Der Antiquar hatte meine vier Bände in auffälligem Weihnachtspapier versteckt; er überreichte mir die Päckchen mit freundlichem, zufriedenem

Lächeln, dankte mir und griff zu *Le mythe aryen*.
Ich ging zur Tür und nutzte die Gelegenheit, noch
stehenzubleiben; mit gespieltem Interesse schaute
ich mir den Tisch neben der Tür an, auf dem relativ neue Ausgaben lagen. Mir klopfte das Herz;
nervös horchte ich auf die Möglichkeiten, die in
meinem Kopf ertönten. Ich ging zu ihr zurück.

»Sie würden mir eine große Freude machen,
wenn Sie etwas mit mir trinken gingen«, sagte ich.

In größter Verwirrung sah sie zu mir auf, schlug
die Augen nieder, suchte rasch den Gesichtsaus-
druck des Antiquars, der tat, als habe er nichts gehört, und mit dem Einpacken des Buches fortfuhr,
sah mich erneut an, mit scharfem Blick. Ich zögerte.

»Das Café überlasse ich ganz Ihrer Wahl«, sagte
ich.

Ich versuchte zu lächeln, spürte jedoch, wie mir
unter ihrem starren Blick unbehaglich wurde. Mein
Vorschlag war nichts anderes als unverschämt,
natürlich wollte sie nicht. Ich wurde rot.

»Tut mir leid«, sagte ich, um mein Gesicht zu
wahren, »ich wollte Sie nicht beleidigen.«

Ich verließ den Laden und floh in mein Hotelzimmer. Meine Hände und mein Gesicht glühten,
und die Haut über den Wangen spannte. Ich war
müde. Ich zog mich aus und legte mich mit prik-
kelnden Beinen aufs Bett. Mir war das Ganze pein-

lich, und ich versuchte vergeblich, die Beschämung zu verdrängen. Schließlich ließ ich mich vom Kassettenrecorder mit der japanischen Musik ablenken. Ich streckte mich der Länge nach auf dem Bett aus, die Arme am Körper, den Kopf flach auf der Matratze. Ich hatte mal etwas über Meditation gelesen und dem entnommen, daß es dabei um Techniken ging, mit denen man versuchte, das menschliche Bedürfnis und den Zwang zu denken aufzuheben – die Leere der Meditation ist das Fehlen des Wortes; man wird vorübergehend in den vegetativen Zustand zurückversetzt und erfährt das als Erleichterung. Reglos lauschte ich der schlichten, traurigen Musik, die dennoch nicht das Unerreichbare ersehnte, sondern selbst die Harmonie ausdrückte. War Harmonie Kummer? Als ich aufhörte, die Musik zu interpretieren, und nicht mehr nach der Geschichte der Melodie suchte, schien ich mich kurz der befreienden Leere der Meditation zu nähern; nicht-wissend dasein, wortlos existieren. Ich schlief ein und träumte.

Ich befand mich in einem Stadion, inmitten Tausender von Menschen. Den Zweck der Versammlung kannte ich nicht, und obwohl ich zahllose Menschen danach fragte, wurde mir nicht ersichtlich, warum ich dort war. Es wurde lebhaft geredet, aber in einer Sprache, die ich nicht verstand.

Manchmal schnappte ich ein paar Brocken auf und hatte das Gefühl, daß alles ganz klar sei. Ich fürchtete von der steilen Tribüne zu fallen, hielt mich an Bänken und Geländern fest, und es gelang mir, nach unten zu klettern. Erleichtert setzte ich mich auf eine Bank. Ich sah mich um und verfolgte andächtig die Aktivitäten, die ich noch immer nicht durchschaute. Dann bemerkte ich einen Soldaten, der mich offenbar schon länger ansah, denn als sich unsere Blicke kreuzten, bedeutete er mir, daß ich zu ihm kommen solle. Ich erhob mich und ging verwundert zu ihm hinüber. Doch ich verstand nicht, was er sagte, und versuchte ihn davon zu überzeugen, daß ich nichts verstand, zog die Schultern hoch, deutete auf meine Ohren, schüttelte verneinend den Kopf. Der Soldat wiederholte immer wieder eine Reihe unverständlicher Laute und wurde ungehalten. Er faßte mich beim Arm, den ich ärgerlich losriß, und schob mich mit kurzen, schmerzhaften Stößen seines Karabinerkolbens zu den Katakomben des Stadions. Ich fürchtete, daß man mich verhaften würde, doch zu meinem Erstaunen bekam ich von einem Offizier einen Helm und ein Gewehr, und man wies mir einen Platz am Zaun zu, wo ich Wache halten sollte. Ich erschrak nicht über die Gefangenen hinter dem Zaun, als wäre es selbstverständlich, daß hinter solchen Zäunen Gefangene eingesperrt waren, und versuchte mir etwas einfallen zu lassen, wie ich mit Hilfe von Gebärden klarmachen konnte, daß ich keinen Militärdienst zu leisten brauchte, weil ich Kriegswaise war. Ich ließ den Blick über die schlafenden Menschen hinter dem Zaun wandern, und da sah ich meine Eltern, links an der feuchten Mauer. Mein Vater saß aufrecht, meine Mutter schlief in seinen Armen. Mit unaufhaltsamer Wucht durchflutete mich die Rührung. Ich hatte meine Eltern gefunden, sie lebten noch, und ich empfand tiefe Liebe für sie. Ich würde sie retten, sie aus dem Kerker dieses Stadions herausholen, und während sich meine Brust heftig hob und senkte, um den Ansturm von Freude und Kummer zu verarbeiten, sah ich mir ganz genau ihre Gesichter an, ihre Gesichter, die ich nie gekannt hatte und die ich nun scharf vor mir sah, ihre Falten, ihre Lippen, ihre Augenbrauen. Das waren ihre Gesichter, endlich kannte ich ihre Gesichter.

Ich erwachte und wurde mir bewußt, daß ich weinte. Aus dem nach Atem ringenden Zwerchfell stiegen leise Schluchzer auf. Die Gesichter meiner Eltern schimmerten noch auf meiner Netzhaut, und ich erkannte, daß ich aus Freude darüber weinte, sie zu sehen, und aus unerträglichem Kummer darüber, daß ich sie niemals berühren konnte. Ich riß mich schnell zusammen. Nachdem ich einige Minuten lang reglos auf die Geräusche draußen auf dem Flur gehorcht hatte (ein geheimnisvolles Gespräch, Kleiderraschen und Schritte, quietschende Türen, Wasserrauschen von WCs, Flüstern), duschte ich, um unter einem harten Strahl heißen Wassers den Traum von mir abzuspülen.

Ich hatte häufiger von meinen Eltern geträumt, aber nie hatte ich ihre Gesichter so scharf vor mir gesehen; noch immer steckte mir der Schock in den Gliedern, wie ich sie im Traum gesehen und sofort die absolute Gewißheit gehabt hatte – eine Gewißheit, die über den Schlaf hinauswuchs –, ich hätte sie gesehen, wie sie wirklich gewesen waren. Aber seltsamerweise hatte ich sie mir als ältere Leute vorgestellt.

Als sie '44 deportiert wurden, waren sie jünger als ich jetzt. Mein Vater war neunundzwanzig, meine Mutter dreiundzwanzig. Ich hatte sie in der Haltung gesehen, in der sie im Viehwaggon gesessen hatten. Doch in dem Traum waren sie viel älter gewesen. Sie waren um die Sechzig gewesen, und trotzdem hatte ich sie gleich als meine Eltern erkannt. Alterte meine Vorstellung von ihnen parallel zu meinem Alter? Würden sie eines Tages in meiner Vorstellung auf natürliche Weise sterben, und würde ich um sie trauern, wie ein Mensch mittleren Alters um seine verstorbenen Eltern trauert?

Pauline kam in dem Moment, als ich mich nach lebendigen Augen und Händen sehnte, nach einem harmonischen Rausch. Es klopfte an der Tür. Ich zog meinen Bademantel an und öffnete. Pauline stand vor mir. Sie musterte mich spöttisch, schüttelte verständnislos den Kopf und trat an mir vorbei ins Zimmer. Ich schloß die Tür und drehte mich erstaunt zu ihr um. Ihrer Tirade konnte ich nicht gänzlich folgen, dafür sprach sie zu schnell und zu erregt, aber ich fing genug auf, um zu verstehen, daß sie sich durch mein ungehöriges Angebot beleidigt fühlte; daß ich hier ein Zimmer hätte, bedeute noch lange nicht, daß ich frei über das weibliche Personal verfügen könne, und im übrigen arbeite sie hier nur zeitweilig, sie sei Studentin, und es sei ihr gleichgültig, wenn sie jetzt, weil sie mir die Meinung sage, entlassen werde, ich sei ein männlicher Chauvinist, der denke, Frauen wären zu seinem Vergnügen da, aber damit mir das jetzt ein für allemal klar sei, Frauen seien unabhängige Menschen, über die man nicht verfügen könne, und ich täuschte mich gewaltig, wenn ich dächte, daß ich eine Frau mit meiner lächerlichen Freundlichkeit einwickeln könne, um sie zu mißbrauchen und danach fallenzulassen.

Ihr Ausbruch dauerte mehrere Minuten, und ich

ließ, als ich meine Verdutztheit überwunden hatte und begriff, daß sie zu mir gekommen war, um mir die Leviten zu lesen, ihre erregten Worte schweigend über mich ergehen. Sie hatte ihren Mantel aufgeknöpft; sie trug einen dicken Wollpullover und einen weiten Rock, der beinahe an ihre Stiefelschäfte stieß, und aus ihren Manteltaschen schauten die Fäustlinge hervor. Die drei Päckchen, die sie bei sich gehabt hatte, hatte sie aufs Bett gelegt, damit sie frei gestikulieren konnte. Ihr schönes langes Haar warf sie immer wieder über ihre Schultern. Mit scharfer Stimme und grimmigem Blick warf sie mir *male pig chauvinism* vor, was sie mit schwerem französischem Akzent aussprach, so daß es ungewollt nach einem exotischen Gericht klang.

Als sie fertig war, sah sie mich mit überlegenem Lächeln an. Sie wandte sich zum Bett um, nahm die Päckchen und ging zur Tür.

»Ich wünsche noch vergnügliche Tage in Paris«, sagte sie sarkastisch. Sie trat auf den Flur hinaus; ich lief ihr nach.

»Warten Sie doch«, sagte ich, und sie verlangsamte den Schritt und blieb bei den Fahrstuhltüren stehen. Sie versuchte mich möglichst gleichgültig anzusehen.

»Es tut mir leid, daß ich Sie beleidigt habe. Das war nicht meine Absicht. Ich sprach Sie an, weil

ich gesehen hatte, daß wir übereinstimmende Interessen haben« – ich zeigte auf das Weihnachts-
päckchen mit Poliakows Buch –, »und es ist Jahre
her, daß ich mit einer jüdischen Frau gesprochen
habe. Sie würden mir noch immer eine große Freude machen, wenn Sie etwas mit mir trinken gingen.
Bitte.«

Sie hatte den Blick abgewandt, schaute auf den
erleuchteten Knopf mit dem Pfeil nach unten. Als
sich die Fahrstuhltür öffnete, schüttelte sie den
Kopf.

»Non merci.«

Sie ging hinein, und ich fragte mich, ob ich mich
neben sie stellen sollte. Doch die Tür schloß sich
bereits, und sie musterte mich noch kurz verär-
gert, bevor sie hinter dem matt glänzenden Alumi-
nium verschwand.

An der Rezeption hätte ich unter einem Vorwand ihre Adresse erfragen können, aber das ging
mir zu weit. Ich würde sie schon noch ein paarmal
unten sehen, es gab jede Menge Möglichkeiten, mit
ihr in Kontakt zu kommen. Ich ging mich anzie-
hen, nahm mir vor, mir zum Abschluß dieses Tages
ein erstklassiges Abendessen zu gönnen, und erinnerte mich ohne Grausen an das Bild meiner Eltern. Es klopfte abermals an der Tür. Ich erwog
rasch, daß sie es sein könne, was ich jedoch als

Wunschdenken wertete, und öffnete die Tür. Pauline stand halb abgewandt vor mir. Mich überkam eine eigenartige Empfindung, ich spürte, wie ich mich Knall und Fall verliebte, wie plötzlich das Verlangen aufkam, zu küssen, zu streicheln, ihre Worte zu kosten. Sie drehte sich mir zu.

»Pourquoi?« fragte sie.

Nein, dachte ich, nicht diese Frage, nicht diese hoffnungslose, blendende Frage.

»Je ne sais pas. Pourquoi pas?« Ich gab mir Mühe, möglichst aufrichtig zu klingen. Sie sah mich argwöhnisch an, warf einen Blick auf meinen Bademantel, wandte kurz das Gesicht ab.

»Alors«, sagte sie, »c'est moi qui paie. Je ne veux pas qu'un homme paie pour moi. Il y a un café à cent mètres d'ici. Voulez-vous boire quelque chose avec moi?«

Sie fing an zu lachen.

Wir tranken etwas in einem Café, das sie kannte. Ich erzählte ein wenig von mir, was ich machte und warum ich in Paris war. (Natürlich sagte ich, daß ich wegen einer Studie über ein Ereignis aus der Französischen Revolution dort sei, nicht, daß ich auf der Flucht vor einer Daseinsweise war, die mich zu erwürgen drohte.) Sie studierte Kunstgeschichte und arbeitete während der Weihnachtszeit in dem Hotel, um sich etwas dazuzuverdienen. Wir stellten uns vor. Sie hieß Pauline Moskovitsch (ihre Eltern waren emigrierte polnische Juden), und ich gab mir einen anderen Vornamen, weil mich die Ähnlichkeit unserer Namen schon an Selbstbefleckung denken ließ. Ich sagte, ich hieße Philip, das war der erste Name, der mir einfiel; später am Abend sagte ich, daß es mir lieber wäre, wenn sie mich Paul nannte, und versuchte ihr zu erklären, wieso ich kurz meinen Namen geändert hatte. Aber den Namen Philip hat sie auch weiterhin benutzt. Manchmal nannte sie mich so, wenn sie auf unser Kennenlernen anspielte. Philip war ihr Kosename für mich. Für sie war ich Paul und Philip.

Die Getränke in dem Café bezahlte Pauline, und ich bezahlte das Essen im Restaurant am Boulevard des Invalides, wohin wir danach gingen. Sie war geistreich und schön, die schönste jüdische Frau, die ich je kennengelernt hatte. Nur in dem Heim früher und während meines Studiums hatte ich einige Jüdinnen gekannt, aber ich betrachtete sie nicht als Frauen, in die man sich verlieben konnte, sondern als Schicksalsgenossen, mit denen man höchstens Mitleid hatte – eine auf sie projizierte Form des Selbstmitleids. Ich merkte, daß wir denselben Hintergrund hatten. Obwohl wir einander erst wenige Stunden kannten, benutzten wir die gleichen Wörter für die gleichen Dinge (sie franzözische, ich niederländische) und unterhielten uns wie Menschen, die zueinander gehörten und etwas miteinander teilten (ein Haus, ein Geheimnis). Nicht einen Moment verlor sich die Spannung des vielen Unbekannten, das gekannt werden wollte, und schon bald entstand etwas Vertrautes zwischen uns, das ich im nachhinein als das Bedürfnis nach einem Abenteuer erkannte (ich suchte nach etwas, das von dem abwich, was ich in den Niederlanden zurückgelassen hatte, ohne daß ich damit zu brechen wagte). Ich war fünfzehn Jahre älter als sie, aber dieser Altersunterschied war eher eine Herausforderung als ein Hinderungsgrund. Wir erlebten einen ersten Abend, der uns amüsierte. Wir diskutierten heftig – sie war eine glühende Zionistin, aber eine Salonzionistin –, konnten danach aber dennoch herzhaft lachen. Der Wein wirkte allmählich leicht betäubend, was jedem Blickwechsel etwas Schmachtendes verlieh. Ich war wahrscheinlich verliebt in sie, aber ich würde meine Verliebtheit verbergen und ihr notfalls auch widerstehen können.

Wir trafen uns an drei aufeinanderfolgenden Abenden. Am dritten Abend schliefen wir miteinander in ihrem Appartement im neunten Arrondissement. Es war Heiligabend. Draußen läuteten die Glocken. Während in den Kirchen die Messen gelesen wurden, bissen wir einander in die Schulter. Es war eine kalte Nacht, der kleine Gasofen wurde kaum warm. Wir lagen unter vielen Decken und streckten nur einen Arm aus dem Bett, um nach den Schälchen und Flaschen mit Essen und Trinken zu langen, die wir rund um unser Lager in dem kalten Zimmer hingestellt hatten. Wir fingen ein Verhältnis an.

Uns blieb eine Woche, ehe ich nach Amsterdam zurückmußte. Die Schule begann wieder, ich würde tagtäglich meine hoffnungslosen Beschwörungen in Klassenzimmer schleudern, aus denen sie mit gleicher Stärke zurückprallten. Mehrmals erwog ich, wie ein neues Leben mit Pauline in Paris wäre. Doch was bedeutete neu? Ich bezweifelte, daß es möglich sein würde, einen vollkommenen Bruch mit meiner eigenen Vergangenheit zu forcieren; dasselbe Gesicht im Spiegel, dieselben Hände auf dem Tisch. Und erschwerend kam die Frage hinzu, wie ich meinen Lebensunterhalt bestreiten sollte. Ich würde Jahre brauchen, bis ich das Französische mehr oder weniger selbstverständlich beherrschte, und selbst dann noch verfügte ich über keinerlei Fertigkeit oder Beruf, womit ich genug zum Leben verdienen konnte. Die Geschichte, in der ich mich auskannte, unterschied sich grundlegend von der, welche man in Frankreich zu kennen hatte. Mein Spezialgebiet setzte zwar breitere Kenntnisse eines Teils der französischen Geschichte voraus, doch die waren bei weitem nicht ausreichend, um damit in Frankreich die Lehrbefähigung zu erlangen. Andererseits: Wollte ich nicht gerade dieser Form von Vergangenheit den Rükken kehren? Waren es nicht gerade die unglaubwürdige Kausalität und die Unerbittlichkeit der mir bekannten Geschichtsverläufe, die mich quälten und zur Verzweiflung trieben?

Wenn ich bliebe und ein neues Leben anfinge, würde ich etwas völlig anderes machen müssen. Ich würde dann Philip Dewitt heißen, und ich würde mir angewöhnen, mit englischem Akzent französisch zu sprechen. Ich würde mir einen kleinen Schnurrbart stehenlassen und Händler in Tweedstoffen werden, die ich auch selbst tragen würde. Ein jüdischer Engländer, der in Paris mit Tweedstoffen handelte und in den Niederlanden aufgewachsen war. Er würde sich seines lakonischen Humors und seiner schönen jungen Frau wegen beliebt machen, die an einer Hochschule Kunstgeschichte dozierte. (In der Hinsicht kursierten seltsame Gerüchte; worüber unterhielten sich der einfache Stoffhändler und die gelehrte Dozentin zu Hause, wenn sie im Bett lagen?)

Ich konnte die künstlichen Sicherheiten, in denen ich lebte, nicht mehr ertragen. Sie basierten auf Anschauungen, die ich jetzt als fadenscheinig und pervers verwarf. Wie konnte ich Sicherheiten akzeptieren, wenn ich mir ständig bewußt war, wie relativ und subjektiv sie zustande kommen? Und doch verspürte ich ein Verlangen nach faktischen Sicherheiten, aus denen Geschichte entstand, war mir nach Geschichten, die die Gegenwart aus der Vergangenheit gebaren, die ein glaubwürdiges, ja vielleicht sogar religiöses Band mit der Zeit schufen.

Als ich mit Pauline die Synagoge in der Rue Saint-Lazare besuchte, sah ich plötzlich die bisher ungeahnte Möglichkeit vor mir, an Paulines Seite ein neues, glaubwürdiges Dasein zu führen; wir hatten tiefe gemeinsame Wurzeln in der Vergangenheit, von denen uns kein Orkan losreißen konnte. Bei diesem Besuch wurde mir auch klar, daß die Unruhe, die mich nach Paris geführt hatte, völlig gegensätzlichen Ursachen entsprang: Ich war der Überzeugung, daß sich die Historie nicht nach Notwendigkeiten entwickelte, mochten manche Entwicklungen auch einen scheinbar gesetzmäßigen Verlauf nehmen, und zugleich hegte ich, über meine Schwärmerei für meinen jüdischen Hintergrund, die Sehnsucht, ich könnte an eine sinnvolle Richtung der Geschichte glauben.

Während ich der Thoralesung lauschte und die Hingabe der Männer um die Gebetsrollen sah, wünschte ich mir, bei ihnen zu stehen und den Chasan beim Singen der zeitlosen Sätze zu kontrollieren. Ich wollte die Konsonanten der Thora lesen und die tröstende Glut der Rituale spüren; die Worte und Gesten, die ich zu Hause und in der Schule gebrauchte, waren neben den Ritualen in der Synagoge leer und lächerlich – ich wollte mich mit der Zeit versöhnen, mit meiner persönlichen und der allgemeinen Geschichte. Doch ich verwarf alle Möglichkeiten. Die Probleme würden mir über den Kopf wachsen, meine Verpflichtungen würden mich festnageln, und ich getraute mich nicht – ja ich würde mich sogar wie ein verbrecherischer Kollaborateur fühlen –, die Mädchen ohne Vater aufwachsen zu lassen. Ich wußte, was es hieß, vaterlos erwachsen zu werden. Ich hatte immer Mitleid geweckt, und man hatte mir Mitleid entgegengebracht, wie ich anderen Mitleid entgegenbrachte. (Hatte mein Umgang mit der Geschichte etwas mit *Vatersuche* zu tun, und war meine Unruhe die Verzweiflung nach der hoffnungslosen Forschungsreise?) Die Schul, in die Pauline mich mitgenommen hatte, verleitete mich zu solchen Ideen, die ich später verwarf – sie trugen nicht dazu bei, die Unruhe in den Griff zu bekommen.

Am letzten Tag des Jahres aßen wir in einem schicken japanischen Restaurant an der Avenue de l'Opéra zu Mittag. Wir saßen auf Kissen auf dem Fußboden, die Beine aufgestellt, die Rücken gekrümmt.

»Der Buddhismus ist eine körperliche Kultur«, sagte Pauline, »das Judentum nicht, deshalb tun wir uns jetzt mit dem Sitzen so schwer.«

»Weiter«, sagte ich, »davon weiß ich wenig.«

Sie schmunzelte, spielte mit den Bambusstäbchen.

»Wir Juden verstecken unseren Körper stets. Denk mal an die armen chassidischen Juden, die nur Hände und Gesicht dem Tageslicht aussetzen. Unsere Kultur ist körperfeindlich, oder war es zumindest. Mit dem Zionismus hat sich das verändert.«

»Woher dieser Unterschied?«

»Eine wesentliche Verschiedenartigkeit der Grundelemente der Religion und damit der Kultur«, sprach sie langsam, und dann schob sie lächelnd ein: »Denk dran, das ist eine Hypothese, ja! Im Buddhismus gibt es keine solche Unterscheidung zwischen Kultur und Natur, wie die Juden sie anstellen. Wir sind nach Gottes Ebenbild geschaffen, und unser Körper erinnert uns noch immer an das Paradies, wo wir wie Tiere lebten.

Daraus entwickelte sich ein eigenartiger Dualismus, der vielleicht charakteristisch für Juden ist: Wir sehnen uns nach dem Paradies, fürchten uns aber, es zu betreten, weil wir dann aufgeben müßten, was wir am liebsten tun: uns sehnen. In der Natur, dem Paradies, wohnt Gott, sie ist vielleicht ein Ausdruck Seiner, und um uns Ihm anzunähern, kultivieren wir unsere Gedanken und unser Tun, denn Er ist der Höchste und Beste. Das heißt also, wir versuchen uns mit der Kultur der Natur anzunähern. Aber unser Körper ist ein Problemgebiet. Gehört er zur Kultur oder zur Natur, sollen wir ihn verstecken wie eine Anomalie, oder sollen wir ihn pflegen und vervollkommnen? Wir beachten strenge Hygienevorschriften, aber eher, um uns nicht noch mehr zu verseuchen, als um koscher zu bleiben. Musik und Literatur sind von jeher die Mittel, mit denen wir uns ausdrücken. Sie sind unstofflich, besitzen keinen Körper, evozieren lediglich. Im Buddhismus ist Gott eine Figur. Er wohnt wirklich im Tempel, ist direkt anwesend und hat sich nicht in die Unberührbarkeit der Natur zurückgezogen. Kultur und Natur sind unbescheiden. Der Körper ist nicht Leidtragender eines schwierigen Dualismus, sondern etwas, das ebenfalls ritualisiert ist. Die Tänze, denk an Bali, die Kampfriten, auch das Selbstmordritual der Samurai sind Ausdruck der Unbegrenztheit des Göttlichen. Das Leben ist bis ins Kleinste ritualisiert, und der Körper ist am Liebesspiel mit dem Göttlichen beteiligt.«

»Liebesspiel?«

»Ja, natürlich«, sagte sie, »jeder Gottesdienst ist ein Liebesakt in der Hoffnung und Erwartung, seinerseits Liebe zu empfangen.«

»Warum hast du dich damit auseinandergesetzt?« fragte ich.

»Weil es so stark von dem abwich, was ich kannte«, antwortete sie, »und vor allem, weil sich die Kunst, die ich zu sehen bekam, die Zeichnungen und Aquarelle, so sehr von unseren künstlerischen Erscheinungsformen unterschied. Buddhisten trachten danach, Entsprechungen für die Vollkommenheit des Daseins zu finden, was sie machen, ist Ausdruck des Gleichgewichts, das ihrer Auffassung nach zwischen Leben und Tod, Kultur und Natur, Yin und Yang besteht. Wir jedoch verleihen unserer Zerrissenheit Gestalt, unseren verzweifelten Versuchen, die Dissonanz zu überwinden, denn der Tod und die Natur sind nicht greifbar und nicht faßbar. Auf der einen Seite der Waage, mit der wir hantieren, sind wir, der kulturelle Mensch, auf der anderen ist Gott, bei dem Natur und Tod zusammenkommen, doch er hat sich von uns abgewandt, das haben wir im Krieg erfahren.

Deshalb ist auch unsere Kunst dualistisch; sie leidet und ersehnt die Aufhebung des Leids, und andererseits strebt sie nach der Vollkommenheit der Formen in dem grauenhaften Versuch, Gott zu entthronen: Wir wollen seinen Platz einnehmen, und wegen dieses heimlichen Wunsches hat er sich von uns abgekehrt.«

Ich wollte sie küssen, merkte aber, daß das niedrige Tischchen zu breit war, um ihre Lippen berühren zu können.

»Ob sich Buddhisten mit ihren gelenkigen Körpern über diesem Tischchen küssen könnten?« fragte ich.

»Ohne Zweifel«, sagte sie.

»Laß uns Buddhisten werden«, sagte ich.

Sie schüttelte lächelnd den Kopf.

»Eine jüdische Lösung wäre«, sagte sie, »dieses Tischchen durchzusägen oder einfach beiseite zu stellen. Vor allem die letztere Lösung spricht mich an. Wir schonen den Tisch und unsere Rücken.«

Nach dem Essen spazierten wir durch die kalte Stadt. Wir hatten uns dick eingemummelt und kosteten die eisige Luft in großen Bissen aus. Es war voll auf den Straßen. Wir kauften eine Flasche Champagner, Dosen und Gläser mit Delikatessen, Obst. Hin und wieder machte ich ein Foto von ihr. Auch auf der Place de la Bastille blieben wir stehen, um ein Foto zu machen. Der Himmel war grauer geworden, die Dämmerung setzte früh ein. Weil ich nicht wußte, ob die Aufnahme richtig belichtet war, machte ich drei mit verschiedenen Verschlußzeiten und Blenden. Sie sah mich immer tiefernst an, wenn ich ein Foto von ihr machte, aber jetzt lächelte sie, vielleicht über meine Bemerkung, daß wir dank der Revolution schön weiträumige Fotos auf einem großen leeren Platz machen konnten. Danach nahmen wir die Metro zu ihrem Appartement. Am nächsten Tag war Neujahr. Auch da war es eisigkalt.

5

Wir kurbelten das Fenster herunter, ein halbes Jahr später, um das Zugabteil zu lüften. Die Sonne brannte auf der Gangseite. Regelmäßig sahen wir schwitzende Reisende mit Koffern und Rucksäcken vorbeigehen, die verzweifelt auf die freien Plätze in unserem Erste-Klasse-Abteil blickten. Wir saßen dort allein. Pauline las mir gegenüber im ersten Buch von Patrick Modiano, das sie noch nicht kannte, und manchmal las sie mir aufgeregt eine Passage vor. Doch schon bald schlug sie das Buch zu. Es verwirrte sie; sie wußte nicht, ob sie es schätzte oder ablehnte.

»Wie hast du es gelesen«, fragte sie, »warst du schockiert?«

»Ein bißchen«, sagte ich, »und du?«

Sie zog die Schultern hoch, schüttelte den Kopf.

»Ich weiß nicht«, sagte sie, »die ersten Seiten haben mich sehr ergriffen, aber ich weiß nicht so recht, warum. Ich will das Buch zu Hause zu Ende lesen. Da ist es still, und ich bin allein.«

»Mich hat es beeindruckt«, sagte ich, »abgesto-
ßen hat es mich nicht. Er versucht aus dem Dschun-
gel des Krieges herauszukommen. Ehrfurcht und
tiefer Ernst hatten ihm keine Einsichten gebracht.
Da kann ich mir vorstellen, daß man es dann auf
andere Weise, mit anderen Stilmitteln probiert.«

»Würdest du das denn auch so machen?« fragte
sie.

Ich schüttelte den Kopf. »Nein«, sagte ich, »aber
trotzdem verstehe ich seinen Zynismus. Gut und
Böse sind im Krieg definitiv umgebracht worden.
Ungeheuerliche Bilder beschmutzen unsere Erinnerungen. Die Fotos mit den Leichenbergen haben sich in unser Gedächtnis gefressen. Bei mir
zumindest.«

Sie nickte. »Ja«, sagte sie.

»Ich kenne die Bilder von den Lagern, und zu
meiner Bestürzung verspüre ich manchmal satani-
schen Gefallen daran, mich in sie hineinzuverset-
zen. Ich weiß nicht, was das ist; ein heimliches Verlangen nach Läuterung, nach Buße, nach Jüngstem
Gericht? Ich lebe nach Auschwitz, wie kann ich da
unschuldig sein? Mit solchen Gedanken arbeitet
Modiano. Das Buch spiegelt die Komplexität unserer Haltung wider. Es gibt doch Zionisten, die
behaupten, wir hätten Gott mit sechs Millionen
Menschen für ein neues Land bezahlt! Für Israel!«

Sie nahm eine andere Sitzhaltung ein, brummte leise vor sich hin. »Das sind Idioten«, sagte sie, »die Emanzipation der Juden führte unweigerlich zu einem eigenen Land. Schon vor dem Krieg war die Immigration in Gang gekommen. Der Krieg hat das nur beschleunigt.«

»Israel mußte also kommen?«

»Ja«, sagte sie, »das ist der Gang der Geschichte.«

Sie lachte über diese Antwort, denn sie kannte meine Reaktion.

»Was, wenn es '48 fehlgeschlagen wäre, wenn sie die Araber nicht hätten aufhalten können?«

»Sie haben sie aufgehalten.«

»Ha, aber es hat wenig gefehlt, und dieser Krieg hätte ein anderes Ende genommen. Um ein Haar.«

»Solche Argumentationen finde ich unsinnig«, sagte sie, »und das sag ich dir, auch wenn ich dich damit verletze. Was willst du damit erreichen?«

»Ich fechte die Absolutheit dessen an, was wir als Tatsache betrachten. Der Krieg '48 hätte anders ausgehen können. Daß er so verlaufen ist, wie er verlaufen ist, bedeutet nicht, daß von vornherein eine Zwangsläufigkeit vorhanden gewesen wäre, die egal wie zu diesem bestimmten Ausgang führte.«

»Aber Herzl hat doch sein Buch geschrieben, Weizmann hat doch verhandelt, Balfour hat seine

Deklaration entworfen? Das ist doch eine Entwicklung, die zu etwas führte?«

»Es geht mir um Zwangsläufigkeit«, sagte ich.
»In der Wissenschaft wird etwas als wissenschaftlich anerkannt, wenn die Theorie Prozesse nicht
nur im nachhinein, sondern auch im voraus erklärt. In der Geschichte ist so was unmöglich, obwohl viele die Resultate des historischen Prozesses
schon als zwangsläufig und wissenschaftlich auffassen.«

Sie schüttelte schmunzelnd den Kopf. »Aber
es gibt doch klare Entwicklungen«, sagte sie,
»Entwicklungen, die mit bedeutenden Ereignissen
wie der Entdeckung Amerikas, der Erfindung der
Dampfmaschine, Darwins Biologie zusammen-
hängen. Das alles verändert das menschliche Denken und schafft Raum für Entwicklungen, die sich
die neuen Errungenschaften zunutze machen. Herzl
gehört in eine Zeit, da die Arbeiter sich vereinigen
und für ihre Interessen zu kämpfen beginnen, in
eine Zeit, da die Frauen aus dem viktorianischen
Traum erwachen. Die freie Wirtschaft forderte
emanzipierte Bürger, und als sich dieser Absatz-
markt als nicht groß genug für die gesteigerten
Produktionskapazitäten erwies, durften sich die
Arbeiter emanzipieren. Die Emanzipation der Juden paßt in diese Entwicklung.«

»Für dich ist Zionismus also die jüdische Variante des Sozialismus?«

Sie nickte. »Prima«, sagte sie.

»Nein«, sagte ich, »du versiehst die Geschichte mit einer sinnvollen Entwicklung, die in Wirklichkeit nicht vorhanden ist. Natürlich erweitern sich unsere Möglichkeiten, wir sitzen in einem modernen Zug, der rund fünfzehnmal schneller fährt als die Kutsche, mit der Ludwig XVI. zu fliehen versucht hat, aber ich frage mich, was das substantiell für unser Wohlbefinden, für unsere Sehnsüchte bedeutet. Hat sich Ludwig XVI. einen Zug herbeigesehnt? Nein, den konnte er sich gar nicht vorstellen, also konnte er ihn sich auch nicht herbeisehnen.«

Sie schüttelte den Kopf und sah mich verständnislos an.

»Ich will damit nur sagen«, verdeutlichte ich, »daß die Entwicklungen, von denen du sprichst, meinen Standpunkt nicht angreifen können. Und außerdem: Wie könnte ich die Entwicklungen unbedeutend finden, die unserer Kultur solchen Auftrieb gegeben haben? Aber es geht mir um die Zwangsläufigkeit einiger ausschlaggebender Ereignisse.«

»Wie zum Beispiel?« fragte sie skeptisch.

»Die Flucht Ludwigs XVI. nach Varennes.«

»Wieso befaßt sich ein Niederländer mit unserer Geschichte?« fragte sie mit gespielter Verzweiflung. »Für mich wäre es unvorstellbar, mich in eure Geschichte zu vertiefen.«

»Wir verfügen eben nicht über euren Chauvinismus«, sagte ich.

Sie hob lachend die rechte Hand, als wollte sie einen Eid ablegen, und sang: »Je suis Française.«

»Auf einmal sprichst du von ›wir‹ und ›ihr‹«, sagte ich. »Bist du eine jüdische Französin oder eine französische Jüdin?«

»Ich weiß nicht«, antwortete sie. »Weißt du's?«

»Nein«, sagte ich.

»Aber was willst du bloß mit unserem Ludwig? Habt ihr keinen eigenen Ludwig?«

»Unsere Ludwigs heißen Willem«, sagte ich, »aber keiner von denen hatte die Macht eurer Ludwigs. Bis auf Willem III., der König von England war. Kennst du die Geschichte von der Flucht Ludwigs XVI.?«

»Kaum«, sagte sie.

Da erzählte ich in Kurzfassung die Geschichte der Flucht und verfiel schon bald in den Ton des Lehrers, der ich noch immer war. Ich reihte die Fakten auf, als wären es Perlen. Wann riß die Schnur und tanzten uns die Perlen auf Hände und Füße? Pauline schien interessiert zu sein und hörte aufmerksam zu. Nicht einen Moment wandte sie die Augen von mir ab. Weder meine Worte noch meine Gebärden und mein Zögern entgingen ihr. Ihre Aufmerksamkeit machte mich unruhig, doch routiniert erzählte ich weiter. Ahnte sie, warum ich nach Paris fuhr? Sie wußte nichts von Philip, den Namen hatte ich nur einmal als Pseudonym benutzt. Sie sah mich an, als verstünde sie mich. Ihrem Blick ausweichend, faßte ich die Flucht zusammen.

Schon lange vor der Flucht am 20. und 21. Juni 1791 waren Pläne geschmiedet worden, Ludwig XVI., Marie Antoinette und ihre zwei Kinder aus Frankreich herauszuholen. Eine Gruppe einflußreicher und adliger Royalisten, darunter der Schwede Hans Axel von Fersen, der ein Verhältnis mit Marie Antoinette hatte, wollte die Monarchie retten. Das Land befand sich im Chaos und erlebte das seltsame Schauspiel von einem Parlament, das die großartigsten und wertvollsten Gesetze entwarf, und entfesselten Meuten, die die Straße regierten. De facto war das Land bereits eine Republik, de jure noch eine konstitutionelle Monarchie. Doch das Parlament war offenbar nicht imstande, eine Situation zu schaffen, in der die Gesetze in ihrem vollen Glanz erstrahlen konnten. Unzählige Krawalle und kleine Aufstände versetzten das Land in Aufregung. Die wirtschaftliche Lage war schlecht, die Menschen hungerten. Zweifellos genoß das Parlament Vertrauen, doch das Chaos, für das Ludwig in hohem Maße verantwortlich war, fraß immer größere Teile des Landes auf. Die Komplotteure wollten die königliche Familie in Sicherheit bringen und dann mit Hilfe ausländischer Armeen und unter Ausnutzung der erwarteten Aufstände im Inland die Veränderungen rückgängig machen. Durch allerlei Zwischenfälle verzögert, fand der Fluchtversuch schließlich am 20. Juni 1791 statt. Einige äußerst verläßliche Personen waren eingeweiht; die Flucht war so genau geplant, daß sie erst entdeckt werden konnte, wenn sich die Familie bereits im Schutz wohlgesinnter Truppen befand, der Truppen des Marquis de Bouillé, des Kommandanten der Truppen in Metz.

Der Fluchtversuch war nicht leicht. Die Familie wohnte bereits seit längerem in den Tuilerien und wurde von Hundertschaften der Nationalgarde bewacht. Von Fersen hatte mit Geld von einer Freundin, der Baronne de Korff, eine Kutsche gekauft, mit der der Fluchtplan in die Tat umgesetzt werden sollte: eine große Berline mit Holzpartien in Dunkelgrün und Gelb, hellgelben Rädern und weißer Samtauskleidung, gezogen von sechs Pferden.

Am Abend des 20. Juni, eines Montags, um kurz nach elf, verließ die vermummte Familie den Palast durch eine unbewachte Tür und wurde in einer Mietkutsche zur Porte Saint-Martin gebracht, wo die Berline bereitstand. In der Berline nahmen Platz: die Baronne de Korff (unter welchem Namen die Gouvernante der Kinder reiste), deren Kinder (der Kronprinz und seine Schwester), die Gouvernante (Marie-Antoinette) und der Hofmeister (Ludwig XVI.). Die echte Familie de Korff war eine mit von Fersen befreundete, reiche russische Familie, die vom Außenministerium Ausreisepapiere für eine Reise nach Frankfurt erhalten hatte. Mit Duplikaten der Papiere brach die Berline Richtung nordöstliche Grenze auf. In Bondy nahm von Fersen eine nördlichere Fluchtroute, weil es sicherer war, getrennt zu reisen, und fuhr nach Belgien, wo er wohlbehalten ankam. In Claye stieß die Berline auf das Kabriolett, eine von drei Pferden gezogene kleinere Kutsche, in der die beiden *femmes de chambre*, Madame Brigny und Madame Fourville, saßen; die beiden Kutschen blieben die gesamte Reise beieinander.

Der 21. Juni 1791, Dienstag, wurde ein warmer Tag. Ab und zu aßen sie etwas in der Kutsche oder hielten an, um die Beine zu strecken, jedoch nie länger als ein paar Minuten. Trotzdem verloren sie

Zeit, wodurch sie die Eskorte verpaßten, die der Marquis de Bouillé in Pont de Sommeville stationiert hatte. Die Vereinbarung lautete, daß die Kutsche dort nachmittags um halb drei eintreffen sollte, doch es wurde sechs, und der Kommandant der Eskorte, de Choiseul, hatte derweil um vier Uhr entschieden, seine Husaren abzuziehen. Ohne Geleitschutz fuhr die Kutsche zum nächsten Treffpunkt, Sainte-Ménéhould, weiter, wo ein Detachement Dragoner unter Leitung von d'Andoins warten sollte. Doch d'Andoins hatte von de Choiseul, der vergebens gewartet hatte, eine Fehlinformation erhalten und sein Detachement daraufhin eine halbe Stunde vor Ankunft der Kutsche absatteln lassen. Ein weiteres Problem war die antimonarchische Gesinnung in Sainte-Ménéhould; die Bevölkerung und die Mitglieder der zufällig gerade vollständig neu bewaffneten Stadtwache rochen den Braten und verhielten sich feindselig gegenüber dem Detachement, wodurch verhindert wurde, daß die Dragoner der Kutsche folgten. Der *maître de poste* des Ortes, Jean-Baptiste Drouet, ein Exdragoner, hatte Marie Antoinette einige Male leibhaftig gesehen und erkannte sie wieder, als die Kutsche im Ort hielt; er beschloß, der Kutsche zusammen mit einem Freund in Richtung Verdun zu folgen.

Fünfzehn Kilometer hinter Sainte-Ménéhould liegt die kleine Ortschaft Clermont en Argonne. Hier sollten die Pferde ausgewechselt werden, und ein Detachement Kavallerie unter Leitung von Damas sollte zur Kutsche stoßen. Es vollzog sich genau das gleiche Spiel wie in Sainte-Ménéhould: Eine halbe Stunde vor Ankunft der Kutsche wurde abgesattelt, die feindselige Dorfwache witterte Unrat und bewachte die Kavalleristen, die daraufhin die Kutsche passieren lassen mußten.

Drouet und sein Freund Guillaume folgten der Kutsche, und kurz vor Clermont en Argonne begegneten sie den Männern von der Poststation, die mit dem erschöpften Pferdegespann der Berline zur vorherigen Poststation unterwegs waren. Einer der Männer hatte zufällig gehört, daß jemand in der Kutsche *à Varennes* gesagt hatte, und Drouet und Guillaume, die über Verdun nach Metz reiten wollten, rissen die Zügel herum und lenkten ihre Pferde Richtung Norden, nach Varennes. Sie nahmen einen kürzeren Weg, als die Kutsche ihn nehmen konnte, einen schmalen Waldweg, und erhielten unterwegs Unterstützung von fünf weiteren Reitern.

In Varennes sollten erneut die Pferde gewechselt werden, und es sollte ein Detachement Beschützer warten, diesmal Husaren unter Führung des jungen Offiziers Rohrig. Varennes hatte keine Post-station, und der Vereinbarung nach sollten die Pferde auf einem Hügel am Ortsausgang gewech-selt werden. Doch durch ein Versehen standen die Pferde und die Husaren hinter der Brücke jenseits des Hügels, und die Kutsche wartete, in der ver-geblichen Hoffnung, daß Hilfe kommen würde, eine halbe Stunde lang oben auf dem Hügel.

Die Kutsche und die Husaren waren nur wenige hundert Meter voneinander entfernt. Ein Kund-schafter der Husaren ritt den Hügel hinauf, er-kannte die Kutsche aber nicht; die drei Leibwäch-ter, die die Kutsche begleiteten, liefen den Hügel hinab, gingen aber nicht über die Brücke; zwei Of-fiziere der Husaren hörten sie, machten sich je-doch nicht die Mühe, einmal auf die andere Seite der Brücke zu schauen.

Drouet und seine Freunde erreichten Varennes abends um halb zwölf und alarmierten den ört-lichen Prokurator, Jean-Baptiste Sauce, der sofort die Nationalgarde des Ortes zusammentrommelte und die Straße sperren ließ, die vom Hügel zur Brücke führte. Als die Kutsche endlich von dort herunterfuhr, wurde sie von Sauce angehalten. Er zwang die Darinsitzenden, die Kutsche zu verlas-sen, und führte sie in seinem Krämerladen, wo er Dutzende von Kerzen anzündete, damit ihre Gesichter zu sehen waren, einem Mann vor, der einige Jahre in Versailles gelebt hatte, Jacques Destez, einem Richter. Der soll, den Quellen nach, gleich als er hereinkam und den sogenannten Diener der Baronne de Korff sah, einen Kniefall gemacht und gerufen haben: »Oh, Sire.«

Immer noch warteten die Husaren, aber keiner erteilte ihnen den Auftrag, den König aus den Händen der ungeübten Gardisten zu befreien. Um fünf Uhr früh trafen noch mehr Husaren ein, und es bestand immer noch die Möglichkeit einzugreifen. Um halb zehn kam ein großes Truppenaufgebot in dem kleinen Ort an, die Kavalleristen unter Führung des Marquis de Bouillé, doch da war die Kutsche bereits seit zwei Stunden unterwegs, in Richtung Paris.

Wenn de Choiseul länger in Pont de Somme-ville gewartet hätte; wenn Marie Antoinette etwas vorsichtiger gewesen wäre, als die Kutsche in Sainte-Ménéhould hielt, und sich nicht nach draußen begeben hätte; wenn Drouet nur einige Minuten länger gearbeitet hätte oder auf dem Heimweg einem Freund begegnet wäre, mit dem er sich unterhalten hätte; wenn d'Andoins nicht hätte absatteln lassen; wenn auch Damas damit gewartet hätte; wenn die Männer von der Poststation nicht dieses dumme *à Varennes* aufgeschnappt hätten; wenn die Leibwächter über die Brücke gegangen wären oder die Offiziere kurz hinübergeschaut hätten; wenn die befehlshabenden Offiziere der in Varennes wartenden Husaren tatkräftiger gewesen wären…

»Ja«, sagte Pauline, »was dann? Wäre die Revolution dann verhindert worden?«

»Die Revolution war bereits im Gange«, antwortete ich, »die konnte nicht mehr verhindert werden. Aber ich bin davon überzeugt, daß sich die Nachbarländer mit Ludwig auf Frankreich gestürzt hätten.«

»Mag sein, aber die Revolution war Ausdruck des Strebens des Kleinbürgertums nach Macht und Einfluß. Die Bürger wollten die Privilegien von Adel und Kirche abschaffen oder diese Privilegien zumindest für sich erwerben.«

»Ein absoluter Herrscher verfügt über genügend Mittel, Unruhe und Unzufriedenheit zu unterdrücken. Ludwig hat sich die Revolution selbst eingebrockt. Er war weltfremd, unentschlossen, introvertiert, litt an einem Minderwertigkeitskomplex, war dick und häßlich, saß am liebsten mit einem Buch irgendwo in einer Ecke.«

»Mag alles stimmen«, sagte Pauline, »aber das Wesen der Revolution bestimmten unaufhaltsame soziale Kräfte.«

»Was noch nicht bedeutet, daß so eine soziale Revolution immer gelingt. Im neunzehnten Jahrhundert hat sich jede Revolution totgeblutet.«

Sie schüttelte den Kopf. »Ich verstehe noch immer nicht, worauf du hinauswillst«, sagte sie. »Ich bin davon überzeugt, daß sich die Geschichte Europas in eine ganz bestimmte Richtung entwickelt. In Richtung auf eine immer größere soziale Gerechtigkeit, auf die gerechte Verteilung von Arbeit und Besitz an materiellen Gütern. Wenn Ludwig nach Versailles zurückgekehrt wäre, hätte die Revolution später stattgefunden.«

»Nein«, sagte ich, »wenn Ludwig zurückgekehrt wäre, wäre Napoleon nicht Kaiser geworden, hätten wir niemals seine Gesetzgebung gehabt, wäre Waterloo ein unbekannter Ort.«

Wir schwiegen kurz und blickten auf ein Dorf, das zwischen den goldgelben Hügeln lag.

»Deine Interpretation ist genausosehr Glaubenssache wie meine«, sagte sie.

»Vielleicht«, sagte ich.

»Aber mit welcher kommen wir weiter?« fragte sie.

»Ich brauche nicht weiterzukommen«, sagte ich, »ich stehe schon am äußersten Rand.«

»Ha«, rief sie spöttisch, »hier spricht der moderne Zyniker!«

Sie bedachte mich mit einem verächtlichen Blick, schaute nach draußen, wandte sich dann schnell wieder mir zu und setzte sich auf die Kante ihrer Sitzbank.

»Herrgott, was willst du denn mit deiner Untersuchung?« fragte sie. »Was willst du beweisen? Du willst doch etwas aufzeigen, oder?«

Ich nickte.

»Was denn?« fragte sie. »Was willst du mit Varennes? Natürlich stimmt es, daß die Flucht genausogut hätte glücken können. Aber sie ist nicht geglückt. Ludwig wurde enthauptet. Der Henker mußte die Guillotine ein paarmal runterfallen lassen, weil der König einen Specknacken hatte, durch den das Messer nicht mit einem Mal hindurchkam.«

»Wenn nur ein Faktor während der Flucht anders gewesen wäre, wäre er eines natürlichen Todes gestorben«, sagte ich.

Da nickte sie, schlug die Augen nieder und betrachtete ihre Fingernägel.

»Was möchtest du berichtigen?« sagte sie.

»Ich brauche nichts zu berichtigen«, antwortete ich.

»Das glaube ich nicht«, sagte Pauline. »Du willst etwas verändern, umarbeiten. Du versuchst für ein Ereignis in der Vergangenheit einen anderen Verlauf zu konstruieren.«

Ich versuchte zu grinsen, aber ich wußte, daß mein Spiel durchschaubar war. Während meine Augen sie ängstlich ansahen, schüttelte ich grinsend den Kopf. »Es hat keinen Sinn, sich darüber zu unterhalten, Pauline«, sagte ich mit verzweifelter Nüchternheit, »laß uns über etwas anderes reden.«

»Wieso?« fragte sie entrüstet. »Ich möchte dich kennenlernen. Ich möchte wissen, was diese inexistenten Kapitel der Geschichte für dich bedeuten.«

»Nicht mehr nötig, Frau Doktor«, versuchte ich es sarkastisch.

»Du bist feige«, sagte sie bitter.

»Ja«, sagte ich, »ich genehmige mir den Luxus, feige zu sein.«

Sie stand auf und setzte sich neben mich. Der Lärm von einem vorbeifahrenden Zug machte uns taub, beide blickten wir zu den vorüberflitzenden Fenstern.

Sie klappte die Armlehne hoch, legte meine linke Hand in ihre Hände und lehnte sich an mich.

»Es hat mit deinen Eltern zu tun«, sagte sie.

»Pauline, bitte…«

»Ich will es wissen. Sag es, Paul. Du hast deine Eltern nie gekannt, du bist als Waise aufgewachsen, mit dem Bewußtsein, daß deine Eltern vergast wurden, du sehnst dich nach einer Vergangenheit, die nie Vergangenheit werden konnte.«

Ich zog meine Hand weg, erhob mich und ging zur Tür. Unentschlossen stand ich vor der Scheibe und starrte nach draußen. Ungreifbar fern lag die Landschaft. Die kupfernen Halme des Getreides fingen das Sonnenlicht ein. Baumgruppen ächzten in der Hitze. Dort laufen, dachte ich, schwitzend über den trockenen Sand gehen und gedankenlos riechen und berühren, sich wie ein umgestürzter Baum ins Gras legen und Teil der Landschaft werden.

»Ich gehe in den Speisewagen«, sagte ich laut zu meinem Doppelgänger im Spiegelglas der Tür, »möchtest du etwas trinken? Soll ich dir etwas mitbringen?«

Pauline antwortete nicht. Ich drehte mich um und sah, daß sie gekrümmt auf der Sitzbank saß, das Gesicht in den Händen verborgen.

»Möchtest du etwas trinken, Pauline?«

»Non merci«, hörte ich sie erstickt antworten.

Ich verließ das Abteil und ging durch den langen Zug. In den Wagen der zweiten Klasse war es voll. Ich zwängte mich an den Rucksäcken und verschwitzten Nacken vorbei, stieg über Schlafsäcke, Gitarren, singende Kinder. Zwischen den Waggons sah ich die Schienen unter mir hindurchrasen. Ich blieb stehen. Das Getöse der Räder donnerte durch meinen Kopf. Ich stand auf zwei kleinen, sich übereinanderschiebenden Eisenplatten, die mich immer wieder aus dem Gleichgewicht brachten, hielt mich an zwei Stangen fest und zitterte im Takt mit der schwarzen Leinwandverkleidung um mich her. Hunderte von Schwellen schossen vorüber, Schottersteine, Grasbüschel.

»Ich komme, Philip«, schrie ich über den Lärm hinweg, »ich komme.«

6

Jetzt, an dieser Stelle, muß ich von meinem Bruder erzählen. Es hat vielleicht den Anschein, als habe ich mit ihm hinter dem Berg gehalten, um im sorgfältig vorbereiteten Moment mit einem durchschlagenden Effekt aufzutrumpfen, doch meinem Bemühen um Klarheit entsprechend – eine Klarheit, die mir Halt gibt, die andere Einsichten bietet – ist er erst jetzt dran. Er gehörte nicht an den Anfang, weil er anfangs nicht da war. Obwohl wir am selben Tag geboren sind, zwei Stunden nach ihm kam ich auf die Welt, erfuhr ich erst mit dreiundzwanzig von seiner Existenz; erst da habe ich einen Bruder bekommen.

Mein Vater war neunundzwanzig Jahre alt, als er deportiert wurde, meine Mutter dreiundzwanzig. Nie habe ich erfahren, wie sie einander kennenlernten, weil die Menschen, denen sie vielleicht die Geschichte ihres Kennenlernens erzählt haben, ihre Eltern, ihre Geschwister, ihre Freunde, nicht mehr leben.

Als ich jung war, stellte ich mir vor, daß sie sich im Februar 1940 im Zug kennengelernt haben. Mein Vater fuhr nach Oss, wo Verwandte von ihm wohnten, meine Mutter mit ihren Eltern nach Venlo, zu einer Feier. In irgendeinem Zugabteil, so stellte ich mir vor, kreuzten sich ihre Blicke, und als meine Mutter aufstand und durch den Zug ging, um sich die Beine zu vertreten, ist mein Vater ihr gefolgt, hat sie angesprochen und um ihre Adresse gebeten, die sie ihm mit zierlichen Buchstaben auf einen Papierfetzen schrieb, den er aus einer Partitur herausgerissen hatte. Während er hinter ihr herging, hielt er den kleinen Geigenkasten in der rechten Hand und in der linken eine dünne abgewetzte Ledermappe mit Notenbüchern. Nachdem er ihr geschrieben und sie ihm geantwortet hatte, trafen sie sich am Stadtrand; er spielte ihr vor, danach küßte er sie zum erstenmal. Vier Monate später, nachdem der Krieg ausgebrochen war und mein Vater Arbeit bei einem auf amerikanisch getrimmten großen Tanzorchester gefunden hatte, heirateten sie; sie zogen bei den Eltern meiner Mutter in der Vrolikstraat in Amsterdam ein. Ich stellte mir vor, daß sie einfache Menschen waren, Kleinbürger mit Allerweltswünschen. Mein Vater wollte Solist werden, meine Mutter Übersetzerin. Sie hatten kein Geld, und es mangelte ihnen auch an Einblick in das Weltgeschehen, das völlig an ihnen vorbeirauschte. Eher durch das Drängen jüdischer Kollegen vom Orchester, in dem er schon bald nicht mehr spielen durfte, als aufgrund eigener banger Erwartungen im Zusammenhang mit dem Tragen des gelben Sterns reifte der Plan unterzutauchen.

So eine Geschichte stellte ich mir vor. Aber sie blieb gewichtslos. Ich hatte damit zwar einen Halt, eine übertragbare, in Erzählform festgelegte Vergangenheit, die ich selbst erfunden hatte, doch ich sehnte mich nach ihren Gesichtern, in denen sich Regungen abzeichneten, die ich auf mich beziehen konnte, nein, die mir galten. Denn zu ihren tröstenden Augen konnte ich eine Beziehung haben, nicht zum Datum ihrer Deportation. Natürlich habe ich diese Sehnsucht nie geäußert, sie bestand lediglich in völlig selbstverständlicher Form, wenn ich nachts im Bett die Augen schloß und mir die Gesichter vorstellte, die ich mir an dem Tag auf der Straße oder auf Fotos angesehen hatte, in der vergeblichen Hoffnung, die richtigen Gesichtszüge zu finden. Ich suchte nach einem *Bild* von ihnen, nach einem statischen Eindruck, den ich mir wie ein Foto ansehen konnte. Mit niemandem habe ich je darüber gesprochen; das war vergebens, sinnlos (wie jedes Wort sinnlos ist: »Foto«, »statisch«, »Hoffnung« – aber ich mache einen Versuch, das Unsagbare zu sagen, das, woran man nicht rühren kann, anzurühren, um mir danach die Finger abzuhakken, die Zunge herauszureißen).

Ich schuf eine künstliche Vergangenheit, erfand Anekdoten, wie die anderen Verstecken spielten. Das Spiel brauchte ich nicht zu spielen, denn bis zum Beginn meines Studiums habe ich mich ohnehin in meinem eigenen Körper versteckt. Doch den Wunsch, sie zu sehen und irgendwann einmal ein Foto von ihnen zu entdecken, habe ich niemals aufgegeben. Regelmäßig brachte ich mich selbst auf Irrwege, da wollte ich die noch lebenden Mitglieder von dem Orchester aufsuchen und mit ihnen über meinen Vater sprechen und träumte davon, bei ihnen Fotos von damals zu entdecken, bis mir aufging, daß ich das Tanzorchester ja selbst erfunden und eigentlich nicht die geringste Ahnung hatte, was er wirklich mit seinem Geigenstudium angefangen hatte.

Ich war nicht der einzige in dem Heim, der so wenig von seinen Eltern wußte. Noch zwei anderen Kindern fehlte jegliches Bild von den Menschen, die sie gezeugt hatten: kein Brief, keine Erinnerung, keine Haarlocke. Alles, was an sie hätte erinnern können, war ausgelöscht, eine Verkettung vieler Umstände hatte alle Bilder vernichtet. Nur in der Straße, in der die Eltern meiner Mutter gewohnt hatten, bestünde noch eine kleine Chance, daß sich jemand vage an sie erinnerte und irgendwo in einer alten Schachtel ein Foto aufbewahrte. Gäbe es mich nicht, würde gar nichts an ihre Existenz erinnern. Mein Leben ist das einzige Zeichen, das sie hinterlassen haben.

Zwischen den beiden anderen Kindern ohne Vergangenheit und mir bestand ein seltsames Einvernehmen. Obgleich wir untereinander nie ein einziges Wort über unsere Probleme redeten, suchten wir die gegenseitige Nähe, als gehörten wir zusammen. Zu keinem von beiden entwickelte ich eine Freundschaft, doch bei größeren Streitigkeiten oder Prügeleien verzogen wir uns vorsichtig in ein und dieselbe Ecke und suchten mit den Augen aneinander Halt. Wir hatten die gleichen scheuen Blicke, die gleichen hochgezogenen Schultern, die gleiche unsichere Art, uns zu bewegen, und jeder von uns erkannte bei den anderen den tiefsten und bestverborgenen Wunsch wieder, vom einen auf den anderen Moment im absoluten Nichts verschwinden zu können.

Zu der Zeit habe ich die Erinnerungen entwikkelt, die nicht meine eigenen Erinnerungen sind. Vermutlich war die Sensibilisierung durch das Lesen von Kriegsgeschichten schuld daran, daß ich sie mir so vorgestellt habe. Zwei Erinnerungen habe ich noch ganz deutlich vor Augen. In der einen bin ich bei der Befreiung eines Lagers anwesend, wobei ich nicht ein Gefangener, sondern ein Befreier bin; während ich die Baracken betrachte, wird mir klar, daß diese Befreiung nicht erlösen kann. Mein Denkvermögen beugt sich beschämt in den Schlamm, und ich, der Befreier, werde zum Gefangenen dessen, was ich sehe. Im anderen Fall flüchte ich durch einen Wald. Es ist ein ausgedehnter Wald, in dem hohe, schlanke Bäume stehen. Das Blätterdach streut Sonnenflecken über den weichen Moosboden, auf dem da und dort niedrige Sträucher stehen. Es ist ein schöner Wald. Ich würde gern darin spazierengehen oder auf dem Boden nach Insekten suchen, aber ich renne verzweifelt von Baum zu Baum, meine ausgedörrte Kehle keucht, müde tragen mich meine Beine über den weichen Boden. Ich renne und renne, halte mich an den Stämmen aufrecht und spüre, wie sehr mein Körper der ratlosen Todesangst unterworfen ist, ausgelöst von dem Gebell und den ungreifbaren Männerstimmen in der Ferne. Drei Wörter spuken mir im Kopf herum, die im unregelmäßigen Rhythmus meiner Schritte aufwirbeln und dann langsam wieder herabfallen; ein Stück Abfallfleisch, ein Stück Abfallfleisch. Auch diese Wörter muß ich irgendwann gehört oder gelesen haben, und das Wissen, daß damit ein menschlicher Körper gemeint war, hat sie mir für immer ins Gedächtnis eingegraben.

Die Streitigkeiten im Heim wurden immer erbittert ausgefochten; die Tage, an denen Frieden herrschte, waren unaufrichtig, denn jeder wußte, daß der Frieden auf Müdigkeit und Lethargie beruhte und nicht auf der Zuneigung, die wir plötzlich füreinander empfanden. Sogar im Ausmaß des Mitleids, das uns die Herren und Damen der Heimleitung entgegenbrachten, herrschte eine hierarchische Ordnung. An der Spitze stand das heilige Dreigestirn, zu dem auch ich gehörte: Wir waren die Beklagenswertesten, weil wir keine Verwandten mehr hatten. Von uns ging es stufenweise abwärts: entfernte Cousins oder Cousinen, Cousins oder Cousinen, Onkel oder Tanten, Brüder oder Schwestern. Wir litten am meisten, also erfuhren wir die auffälligste Behandlung und wurden von manchen der anderen Kinder, die uns um unsere Position beneideten, am meisten gehaßt. Sie wußten nicht, daß wir sie beneideten.

Regelmäßig besuchten mich die Pflegeeltern, bei denen ich kurz nach meiner Geburt untergebracht worden war. Meine Eltern hatten sie nie gesehen. Eine Mittelsperson aus der Illegalität hatte lediglich meinen Namen und mein Alter weitergegeben. Jede weitere Information sei gefährlich und überflüssig. Wenn sich die Umstände änderten, würde man Kontakt mit ihnen aufnehmen und das Kind abholen. Nach der Befreiung hatten sie monatelang auf den Mann gewartet, der das Kind gebracht hatte, doch niemand war erschienen. Sie schrieben an das Rote Kreuz, erhielten Nachricht und behielten mich als ihr eigenes Kind bei sich, bis ich in einem Heim für Kriegspflegekinder abgeliefert werden konnte. Ich sprach selten mit ihnen über jene Zeit. Sie brachten mir Spielzeug mit, Süßigkeiten, nahmen mich auf den Schoß und unterhielten sich mit mir über alles mögliche, außer über *das*. Ich mache es ihnen nicht zum Vorwurf; auch ich wollte nicht darüber reden und ließ mich blind auf der Anteilnahme treiben, die ich erhielt. Nur ganz ausnahmsweise bat ich sie, mir noch einmal zu erzählen, wie ich zu ihnen gelangt war, wie der Mann ausgesehen hatte, woher sie wußten, daß ihr Angehöriger beim Widerstand war; und dann erzählten sie vorsichtig und mit tiefem Ernst die kurzen Geschichten, die sie mir lieber verschwiegen hätten.

In meiner Kindheit konnte der Tod meiner Eltern und ihrer Familien nicht nur nicht angesprochen, sondern auch nicht gedacht werden. Es war ein Thema, das mich verwirrte und mich so stark am Wert meiner Existenz zweifeln ließ, daß ich es aus meinen Gedanken verbannte und jeden Verweis darauf wie Unkraut ausrupfte. Nur in unkontrollierten Tagträumen wagte ich mich mit ihnen zu befassen; meine Sehnsucht nach ihnen machte mir angst, denn sehnte ich mich nicht nach dem Unbekannten, und zeichnete sich das Unbekannte nicht durch unzählige Gefahren aus?

Als ich anfing zu studieren und die Sicherheiten des Heims hinter mir zurückließ, wurde die Neugierde in bezug auf meine Herkunft immer stärker. Ich wollte wissen, von wem ich abstammte, was sie gemacht hatten, wie sie gedacht hatten, und nach einiger Zeit traute ich mich auch, an die Informationsstelle von Rotem Kreuz und Reichsinstitut für Kriegsdokumentation zu schreiben.

Meine Eltern waren am 8. Februar 1944 von Westerbork nach Auschwitz deportiert worden. Sie waren zwei von 1015 Gefangenen, die an jenem Tag abtransportiert wurden. Sie hatten eine Woche in der Strafbaracke zugebracht, weil sie sich der Entziehung von der Meldepflicht schuldig gemacht hatten und untergetaucht gewesen waren, und waren vermutlich nach Verrat verhaftet worden. Ich versuchte herauszufinden, bei wem sie untergetaucht gewesen waren. Leute, die Juden Unterschlupf gewährt hatten, wurden gewöhnlich zu einem halben Jahr Gefängnis im Lager Vught verurteilt, doch in der Aktenführung des Lagers hatte, wie sich nach der Befreiung herausstellte, ein derart schlampiges Durcheinander geherrscht, daß wohl nie ermittelt werden konnte, wer wegen *Judenbegünstigung* von Aaron und Elsje de Wit ein halbes Jahr im Lager zugebracht hatte.

Aus diesen Quellen würde ich nichts Weitergehendes erfahren, begriff ich, aber ich wußte nicht, wie ich sonstige Quellen anzapfen konnte.

Eines Tages las ich in einer Zeitung ein Interview mit einer Hebamme, die bei der Geburt Tausender von Kindern geholfen hatte. Ich nahm Kontakt zu einer Hebammenvereinigung auf, legte dar, was ich wollte, und erhielt einige Adressen, denen ich Stück für Stück nachging. Eine der Frauen, an die ich mich wandte, brachte mich auf die Spur der Hebamme, die meiner Mutter geholfen hatte. Ich schrieb ihr; sie war bereit, mich zu empfangen.

Ich war unterdessen dreiundzwanzig geworden, wohnte in einem Studentenwohnheim und führte ein mehr oder weniger geregeltes Leben. Ich hatte Freunde gewonnen, mit denen ich meine Freizeit verbrachte und über Dinge reden konnte, die mich beschäftigten. Aber ich glaube nicht, daß ich mich irgendeinem von ihnen gegenüber je persönlich geäußert habe. Meine Probleme waren verhüllt; nur an der sonderbaren Heftigkeit, mit der ich manche Gegenstände anging, ließ sich ablesen, wie stark gesellschaftliche und persönliche Konflikte bei mir miteinander verwoben waren.

An einem grauen Märztag suchte ich die Hebamme auf. Es kostete mich einige Mühe, zu ihr zu gelangen, sie wohnte in einem Weiler in Overijssel, der nur zweimal am Tag von einem Bus angesteuert wurde. Ich hatte erwartet, sie auf einem alten Bauernhof anzutreffen, doch die Hausnummern führten mich zu einem neuen Bungalow. Um den jungen Rasen standen kleine Zypressen, die irgendwann einmal eine Hecke bilden sollten. Sie empfing mich, als würde sie mich schon jahrelang kennen. Zuerst Kaffee und Kuchen, dann eine ausgiebige Brotmahlzeit. Nachmittags brachte sie mich mit dem Auto zur Bushaltestelle im Dorf. Im Krieg war sie so etwas wie eine »rasende Hebamme« gewesen, die Kindern von untergetauchten Menschen auf die Welt geholfen hatte. In ihrer Erzählung unterließ sie jede Heroik und reduzierte ihre Triebfedern auf ein einziges simples Motiv: Irgendwer mußte es doch machen, da hab ich es eben gemacht. Sie habe damals ein kleines Büchlein geführt, wem sie wo geholfen hatte, doch das habe sie verbrannt, als ihr klar wurde, daß es die Untergetauchten bei einer etwaigen Verhaftung in Gefahr bringen konnte.

Aber dadurch, daß sie die Geburten in dem Büchlein notiert habe, habe sie sie auch in ihrem Gedächtnis notiert, sagte sie. Sie habe zwar unermüdlich vor dem Verkehr während der Phase des Verstecktseins gewarnt, aber sie habe sich gut vorstellen können, wie sehr jüdische Eheleute zu der Zeit nacheinander verlangten, wie wichtig Zuwendung war. Nicht ein einziges Mal habe sie es abgelehnt zu kommen, so weit sie auch fahren mußte, nicht, weil sie sich als Heilige betrachtete, sondern weil sie sich vor Schuldgefühlen fürchtete. Sie lachte. Ich schätzte sie auf um die Siebzig, obwohl sie von ihrem Verhalten her viel jünger wirkte. Sie strahlte Unternehmungslust und Selbstvertrauen aus. Sie ist die einzige, die ich je eine Beschreibung von meinen Eltern habe abgeben hören, mochte diese auch durch die Zeit und die verwirrende Vielzahl der Entbindungen, die sie mitgemacht hatte, beeinträchtigt sein.

Meine Mutter lag im Hinterzimmerchen eines Lebensmittelgroßhandels in Harderwijk. Sie war dunkel, trug das Haar lang und war von der Statur her nicht besonders groß, erinnerte sie sich. Das Gesicht meiner Mutter bezeichnete sie als »fein«, sie hatte ein »feines Gesicht«, ebenso wie ihre Hände, deren Finger zart und schlank waren. Auch erinnerte sie sich an die dunklen Augenbrauen und die Augen mit den langen Wimpern; sie war eine hübsche junge Frau, sagte sie, eine anziehende Frau, der man auf hundert Meter Entfernung die Jüdin ansehen konnte. Sie sagte, sie sehe sie noch vor sich, in dem dämmrigen Zimmerchen; aber die Wehen hätten meine Mutter geplagt, und »in Geburtswehen ähneln sich alle Frauen«, meinte sie. Sie erinnerte sich, daß sie meine Mutter sorgsam untersucht hatte, weil es bei Frauen mit der schmächtigen Statur meiner Mutter häufig zu Komplikationen kam, doch sie hatte ein breites Becken. Während sie die Entbindung vorbereitete, hatte sie auch ein paarmal einen Blick auf meinen Vater geworfen. Er lief mit dem Besitzer des Großhandels hilflos in dem großen, dunklen Lager auf und ab. Er sei ein »adretter junger Mann« gewesen, erinnerte sie sich, er habe in dem kalten Lager einen langen, dunklen Mantel getragen, unter dem, wie sie plötzlich vor sich sah, schlammbespritzte Schuhe hervorgeschaut hätten. Sie wußte nicht, wo ihr Unterschlupf war, aber es mußte irgendwo auf dem Lande, auf einem Bauernhof gewesen sein. Ihn habe sie nur undeutlich in Erinnerung, sagte sie, aber sie habe den Eindruck, daß ich meinem Vater ähnele, die gleiche Stirn, die gleichen Augen. Sie sah mich lächelnd an, voller Mitleid. Sie sagte, daß es eine schwierige Geburt gewesen sei, am Bauchumfang habe sie nicht erkennen können, daß es Zwillinge waren. Was mich schon die ganze Zeit beschäftigt hatte, wurde jetzt manifest: Sie irrte sich, sie verwechselte meine Eltern mit denen bei einer anderen Entbindung. Behutsam versuchte ich sie darauf hinzuweisen, doch die Besonderheiten, die sie mit einem Mal wieder präsent hatte, brachten mich ins Schwanken; ich sei Paul, sagte sie, sie hätten mich nach dem Vater meines Vaters benannt, und mein Bruder, der zwei Stunden früher auf die Welt gekommen sei, habe Philip heißen sollen, nach dem Vater meiner Mutter. Sie erzählte, daß sich meine Eltern nach der anfänglichen Verwirrung, wie meistens bei Zwillingen, über zwei Jungen gefreut hätten, sie hätten sich nämlich noch nicht geeinigt gehabt, für welchen der beiden Namen sie sich entscheiden sollten, wenn es ein Junge wurde. Dann begann ihr zu dämmern, daß ich nie von der Existenz eines Zwillingsbruders gewußt hatte, und nun erfaßte meine Unruhe auch sie. Sie fürchtete, daß sie sich irrte und mein Leben mit einer fixen Idee belastete, und sie versuchte mir die Entbindung daraufhin so minutiös wie möglich noch einmal zu beschreiben, von dem Moment an, da sie am Abend des 17. November 1943 das kalte Lager des Großhandels betrat, bis zu dem Moment, da sie es am nächsten Morgen ermüdet verließ. Und

damit konnte sie sich und auch mich davon überzeugen, daß sie nicht an Verkalkung litt, denn sie
zauberte die Geige meines Vaters hervor, die sie beinahe vergessen habe, sagte sie, obwohl sie gefühlt
habe, daß sie etwas Wichtiges übersehen hatte.
Mein Vater bedankte sich bei ihr und dem Großhändler mit »etwas von Mozart, ich weiß nicht mehr
genau, welches Stück, aber es war sehr schön«. Die
Frau des Großhändlers öffnete zwei Gläser einge-
machte Kirschen und hatte plötzlich Brot auf dem
Tisch und »echten Kaffee von der besten Qualität«.
Während sie langsam aßen, um den fast vergessenen Geschmack so lange wie möglich im Mund
zu behalten, lauschten sie in dem eiskalten Lager
meinem Vater, der im ersten Morgenlicht spielte,
für seine Frau, für den Großhändler und dessen
Frau, für die zwei vom Widerstand, für die Hebamme und für seine beiden Kinder Philip und Paul.

7

Pauline schminkte sich, als ich das warme Abteil betrat. Sie sah mich lächelnd an, mit Augen, die um Versöhnung baten. Ich hatte kein Bedürfnis, auf unseren Streit zurückzukommen, und sie genausowenig. Ich erwiderte ihr Lächeln und nahm ihr gegenüber Platz. Mit einem Pinselchen legte sie einen grauen Schatten auf die Augenlider, wodurch sie mich an Mieke erinnerte. Die hochgezogenen Brauen, das zitternde geschlossene Lid, das bemalt wurde, das ausdruckslose Auge, das in den kleinen Spiegel spähte – universelles weibliches Verhalten. Der dunkelblaue Rock lag weit über ihren Oberschenkeln und breitete sich zu beiden Seiten ihres Schoßes auf der Veloursbank aus. Unter ihrer Bluse schimmerte der BH, über ihrem Brustansatz hing still der Davidstern. Links neben ihr auf dem Sitz stand die geöffnete Handtasche, aus der sie das Make-up-Täschchen genommen hatte, das auf ihrem Schoß lag, und daneben der Margarinekarton mit der Schale, den sie nicht auf die Gepäckablage zu stellen gewagt hatte. Sie trug blaue Schuhe mit einem kleinen Absatz, die gekantet auf dem Boden standen, weil sie die Beine verschränkt hatte. Ihre Knie waren geöffnet, aber der Rock, der zwischen ihren Oberschenkeln ein Tal bildete, schirmte die Region zwischen ihren Beinen ab. Nachdem sie beide Augen geschminkt hatte, zog sie das rote Gummiband von ihrem Pferdeschwanz und bürstete mit kurzen, eckigen Bewegungen ihr Haar. Mit der linken Hand führte sie die Bürste, mit der rechten strich sie die Locken glatt und drückte das Haar am Ansatz fest, wenn die Bürste auf Knötchen stieß. Sie schaute nach draußen, ohne die Landschaft wahrzunehmen. Woran mochte sie denken? In den kurzen weiten Ärmeln ihrer Bluse sah ich ihre rasierten Achselhöhlen; ihre gelenkigen Arme bürsteten und bürsteten, für mein Gefühl viel zu lange, und sie starrte nach draußen. Noch immer war jeder Moment der Stille zwischen uns rätselhaft. Ihre Gedanken enthielten allerlei Geheimnisse, von denen ich nicht die geringste Ahnung hatte; umgekehrt galt das auch: Sie konnte nicht wissen, daß ich jetzt mit ihr schlafen wollte, die Armlehnen hochklappen, die Sitze ausziehen und dieses Abteil in ein großes Bett aus rotem Velours verwandeln wollte, auf dem ich ihre Achselhöhlen küssen würde, ihre Kniekehlen, ihre Hände. Sie wußte nichts von meiner Erregung, bürstete ihr glänzendes Haar und schaute blind auf die Hügel, die regungslos unter dem blauen Himmel lagen. Vielleicht stellte auch sie sich eine Szene auf dieser Sitzbank vor. Wahrscheinlicher war aber, daß sie an das Fest dachte, das ihre Eltern am nächsten Tag feiern würden.

»Ich werde dir meinen Wohnungsschlüssel geben«, sagte sie, »dann brauchst du kein Hotelzimmer zu nehmen. Wie viele Tage bleibst du?«

Sie betrachtete die Bürste und zog Haare heraus. Ich antwortete, daß ich mindestens fünf Tage in Paris bleiben würde, vielleicht länger. Und daß ich mir wünschte, mit ihr zusammen in ihrem Appartement zu wohnen. Sie schlug die Augen zu mir auf und sah mich an.

»Bleibst du das nächste Wochenende auch noch, Philip?«

Ich lächelte müde.

»Philip war mein Pseudonym«, sagte ich. »Es ist ein schöner Name, aber du weißt, wie ich heiße.«

Sie erhob sich und zog das Fenster herunter. Das Getöse des Zugs erfüllte das Abteil.

»Als ich dich kennenlernte, hießt du Philip«, entgegnete sie mit lauter Stimme, »und wenn du mich an diese ersten Stunden erinnerst, möchte ich dich Philip nennen. Das ist alles.«

Sie streckte das Haarknäuel hinaus und ließ es los. Sie hielt das Gesicht in den Wind, schloß die Augen und rief:

»Wie lautet der Titel deiner Studie?«

Verdutzt sah ich zu ihr auf, ich verstand nicht, wieso sie jetzt darauf zu sprechen kam.

»*Die Flucht nach Varennes*«, antwortete ich.

Sie nickte, kostete den Wind aus, der ihr Haar in Bewegung brachte. Ich stand auf und legte die Arme um sie. Ich fühlte, wie der Wind über mein Gesicht strich.

»Naheliegender Titel«, rief sie, »rechne damit, daß es eher ein Roman als eine Studie ist.«

Ich küßte die junge Haut ihres Halses.

»Der erste Titel war *Place de la Bastille.*«

»Besser«, erwiderte sie, »noch nicht gut, aber besser als der andere Titel.«

Grinsend wandte sie mir das Gesicht zu.

»Warum?« fragte ich.

Sie zuckte die Achseln, ihre Augen glitzerten.

»Was möchtest du, wie lange soll ich bleiben?« fragte ich in ihr Ohr.

»Den ganzen Sommer, den ganzen Herbst und den Rest«, sagte sie.

Schweigend schaute ich auf ihre Hände, die auf der Chromleiste des Fensters lagen. Sie trug keine Ringe, sah ich.

»Was soll ich denn auf so eine Frage antworten, was erwartest du?« rief sie. »Du forderst ja so eine Antwort heraus.«

Der Bahnsteig eines kleinen Bahnhofs schoß vorüber. Für Bruchteile von Sekunden blitzten wartende Menschen, leere Blumenkästen, das kahle Innere einer Bahnhofshalle auf.

»Monsieur Philip Dewitt«, rief sie, »qu'est-ce que tu veux?«

Bevor ich antworten konnte, drehte sie sich zu mir um, schlang die Arme um meinen Hals und sagte: »In fünf Minuten sind wir in Compiègne. Bis zur Ankunft dort will ich geküßt werden. Das ist es, was *ich* will.«

8

Ein halbes Jahr davor hörte ich, nach zwei kalten Wochen in Paris, bei meiner Heimkehr Hanna spielen. Ihre Technik ließ noch zu wünschen übrig, aber Technik kann man lernen und vervollkommnen. Doch mit ihren acht Jahren war Hanna schon von der Sehnsucht nach alledem erfüllt, was ihr das Leben nie schenken würde, und wußte um die unüberwindbare Kluft zwischen der Vollkommenheit der Kunst (des Stücks, das sie spielte) und der Häßlichkeit der Welt (der Umgebung, in der sie es spielte). Es ist schwer festzumachen, aber Hanna ist jüdischer als Mirjam, sie scheint sich mehr als Mirjam ihrer Individualität und also auch ihrer Einsamkeit bewußt zu sein, mögen das auch große Worte sein, zumal für ein achtjähriges Mädchen. Sie ahnt schon vieles von ihrem Leben und zeigt ausgesprochene Vorlieben bei der Auswahl von Stücken; unverkennbar interpretiert sie in ihrem Spiel. Schon jetzt ist sie auf der Suche, Jahre früher, als ich dazu imstande war.

Ich blieb kurz im Treppenhaus stehen und lauschte. Die Kinder fielen mir um den Hals, als ich hereinkam. Aufgeregt packten sie die Geschenke aus, während Mieke und ich einen Versuch unternahmen, die vergangenen Wochen doch noch irgendwie miteinander zu teilen. Sie erzählte, was sie mit den Kindern gemacht hatte, wo sie überall gewesen waren, wieviel Spaß sie gehabt hatten. Ich erzählte die mäßig enthusiastische Geschichte, die ich mir unterwegs zurechtgelegt hatte, erfand Dokumente, die ich nie gesehen, und Aufzeichnungen, die ich nie gemacht hatte, und entschuldigte mich dafür, daß ich die einsamen Abende in Paris dennoch genossen hatte. Es sei angenehm, sagte ich, einmal irgendwo zwei Wochen allein zu verbringen. Mieke schien froh über meinen Urlaub zu sein, denn ich war munter, schien fitter geworden zu sein, meine Augen hatten ihren trüben Glanz verloren.

Ich war nicht geläutert aus Paris zurückgekehrt, und mich drückte auch kein untröstliches Schuldgefühl. Dennoch hatte ich mich in Paulines Nähe verändert. Vielleicht hatte ich durch ihre Gegenwart in Umrissen die Probleme erkannt, die meine Unruhe und Lustlosigkeit verursachten, vielleicht hatte sie mich an die fast vergessenen Sehnsüchte erinnert, die ich mein Leben lang unausgesprochen gehegt hatte. Aber da war noch mehr: Neben unserer gemeinsamen jüdischen Vergangenheit, die wir nur aus der Überlieferung kannten, besaßen wir unsere jeweils eigene persönliche Geschichte, die nicht mit allem möglichen belastet war, was wir gemeinsam erlebt hatten; ich ging mit Pauline ungehemmter um als mit Mieke, auch in sexueller Hinsicht, und war in den vergangenen zwei Wochen in der Lage gewesen, wie ein Schatten aus mir selbst herauszutreten und mich zu beobachten.

Ich wußte nicht, wie es mit Pauline weitergehen sollte. Bei meiner Abreise machte sie Anspielungen auf eine dauerhaftere Beziehung und schien bereit, sich damit abzufinden, daß mir meine Familie wichtig war. Sie bot sich als die Freundin in Paris an, zu der ich fliehen konnte, wenn die Bande um meinen Kopf und meine Arme wieder einmal zu stark angezogen wurden. Ich würde der Verlockung nachgeben, trotz meiner Zuneigung zu Mieke und den Kindern.

Die ersten Tage nach meiner Rückkehr verliefen einwandfrei. Ich mußte noch nicht in die Schule und genoß die wundersame Ruhe, die die Familie plötzlich ausstrahlte. Vermutlich hatten auch die Kinder in den vergangenen Monaten gemerkt, wie sehr mich die imaginäre Last drückte, die ich mir aufgeladen hatte, und glaubten, ich sei aufgerichtet und munter zurückgekehrt. Wir hatten Spaß im Schnee, tranken in einem Café heißen Kakao, sahen uns zum fünftenmal Schneewittchen an, das den Kindern wie immer viel zu sehr naheging, hatten einen Stromausfall in der Wohnung, der uns einen Abend bei Kerzenschein und eine Nacht unter fünf Decken bescherte. Die Kinder waren zufrieden.

Ich hatte mir vorgenommen, das zweite Schulhalbjahr reibungslos zu einem guten Abschluß zu bringen, und rüstete mich gegen die vielen Irritationen – was sich schon bald als Übermut erwies. Es waren weniger die borniertem Sprüche meiner Kollegen oder das Desinteresse und die einen zur Verzweiflung treibenden Moden der Schüler als vielmehr der tägliche Umgang mit den blinden Jahreszahlenlisten und dem Geschwafel und den simplifizierenden Geschichtchen über Karl den Großen, die Erfindung der Dampfmaschine, den Wiener Kongreß und von Clausewitz, die mir erneut zuwider waren. Immer lauter ertönte der Wunsch, ein Stoffgeschäft in Paris zu eröffnen. Aber ich hatte bei Pauline gelernt. Besser als zuvor wußte ich, was mich trieb, und Tag für Tag gelang es mir, meinen Widerwillen zu überwinden und in die Schule zu gehen. So hätte ich mich jahrelang fortschleppen können; wenn nicht irgendein Zwischenfall das zerbrechliche Gleichgewicht störte, würde ich die Hoffnungslosigkeit meiner Arbeit bis zu meiner Pensionierung akzeptieren und zu einem immer grimmigeren und unbarmherzigeren Lehrer werden. Natürlich gab es auch animierende Momente, kam es vor, daß ein Schüler plötzlich ein Referat geschrieben hatte, das Wissen und Einsicht verriet, und verliefen nicht alle Pausen im Lehrerzimmer in der gespannten Atmosphäre, der ich mich meistens entzog, indem ich mich zu den Schülern in den Aufenthaltsraum setzte. Ich war sogar drauf und dran, mich mit der Situation abzufinden. Vielleicht war ich auf die unerbittliche Wahrheit meiner Existenz gestoßen; meine Wünsche und Sehnsüchte ließen sich nicht mit meinen Fähigkeiten in Einklang bringen; meine Ehe, meine Kinder und meine Arbeit gaben die Reichweite meiner Möglichkeiten vor.

Ende Januar empfing ich einen Brief von Pauline, den sie, wie verabredet, an die Schule geschickt hatte. Sie sei enttäuscht, schrieb sie, daß ich sie nicht angerufen hätte, sie habe gezögert, mir zu schreiben, habe sich dann aber doch dazu entschieden, denn sie könne sich nicht vorstellen, daß sie sich so in mir getäuscht habe. Sie schrieb Sätze, die entrüstet begannen, aber auf halber Strecke innehielten und eine Kehrtwendung machten: »Aber ich werde nie vergessen«, »dennoch weigere ich mich zu glauben, daß«, »trotz allem hoffe ich darauf«, »zumindest, wenn ich böse bin und mich nicht ablenken kann«. Es war ein Brief, der nach einer Antwort schrie; sie forderte von mir, daß ich Kontakt mit ihr aufnahm und mich an die Verpflichtungen hielt, die ich damit eingegangen war, daß ich anderthalb Wochen lang mit ihr zusammengewesen war. Sie wollte das Abenteuer verlängern, während ich mich ängstlich zurückzog und im alten Trott weiterleben wollte. Aber sie steckte mich an. In einer Freistunde schrieb ich einen begeisterten Brief, denn ich wollte mir die Tür zu ihrem Appartement offenhalten.

Eine Woche später fand etwas für mich Unerwartetes statt, was die Krise herbeiführte, der ich so lange entgegengesehen hatte.

Auch jetzt war der Anlaß banal: Ich hatte den Film, den ich in Paris verknipst hatte, in einem Fotogeschäft, in das ich sonst nie kam und wo ich somit unbekannt war, entwickeln lassen und hatte die Bilder am Ende eines freien Vormittags abgeholt. In meiner Ecke des Lehrerzimmers sah ich mir die Abzüge an, schob sie jedoch in die Mappe zurück, als sich ein Kollege neben mich setzte. Er werde nicht stören, versicherte er mir: Mach ruhig weiter mit dem, was du gerade gemacht hast, drängte er.

Er war einer meiner ältesten Kollegen, ein erfahrener Mathematiklehrer, der alle Strömungen und Stimmungen an dieser Schule mitgemacht hatte und jeden kleineren Menschenauflauf und die meisten Sitzungen umging. Vermutlich hatte er eine Freistunde und wollte ein Gespräch anknüpfen. Im verlassenen Lehrerzimmer war ich sein Opfer. Ich würde ihn beleidigen, wenn ich die Fotos vor ihm abschirmte, also zeigte ich sie. Ich erschrak nicht wenig, als er mich darauf hinwies, daß ich auf den drei Fotos von Pauline auf der Place de la Bastille abgebildet war. Er wollte wissen, ob ich einen Passanten gebeten hätte, die Fotos zu machen, und als ich das bejahte, obwohl ich mich verwundert fragte, was ihn auf diese Frage brachte, erzählte er eine Anekdote über eine ähnliche Situation, in der er den zufälligen Passanten spielte, der gebeten wurde, einen Fotoapparat zu bedienen. Die junge Frau auf den Fotos sei die in Paris wohnende Nichte meiner Frau, erklärte ich ungefragt.

Am späten Nachmittag, bevor ich nach Hause ging, sah ich mir die Fotos nochmals an, und ich mußte zugeben, daß mir der Mann, der einige Meter hinter Pauline stand, tatsächlich ähnelte. Ich konnte nicht sehen, wie weit die Ähnlichkeit ging, dafür war das Foto zu klein, doch es gab unverkennbare Übereinstimmungen. Dem Fotografen –

mir – schenkte er ein rätselhaftes Lächeln, als sei er der Annahme, ich machte ein Foto von ihm. Er erweckte nicht den Eindruck, als sei er anderswohin unterwegs; meinem Empfinden nach war er eigens für das Foto stehengeblieben.

Meine erste Erklärung für die Anwesenheit des Mannes war naheliegend: Er hatte direkt vor sich auf der Place de la Bastille seinen Doppelgänger in Begleitung einer jungen Frau entdeckt, was ihn so sehr überraschte, daß er ihm einige Minuten lang folgte. Als dieser sich anschickte, Fotos von der jungen Frau zu machen, die vermutlich seine Geliebte war, blieb er stehen und beschloß, seinen Doppelgänger auf dem Umweg über ein Foto wissen zu lassen, daß es noch einen zweiten wie ihn gab.

Die Bemerkung meines Kollegen hat mich nicht sofort auf Philip gebracht. Im nachhinein scheint es, als hätte ich erst Mut für den Gedanken sammeln müssen, daß Philip mich aufgespürt hatte, denn das bedeutete ja, daß Philip am Leben war und ich ohne Grund vierzehn Jahre lang einen toten Zwillingsbruder mit mir herumgeschleppt hatte. Ich mied die Fotos, verstaute sie zwischen den Unterlagen zu meiner Studie und versuchte nicht an sie zu denken; aber seltsamerweise waren sie dennoch bei allem, was ich unternahm, ständig präsent. Der Gedanke an Philip lag gleichsam in statu nascendi in meinem Bewußtsein; es war nur eine Frage der Zeit, bis ich ihn eines Tages glasklar vor mir hätte. Und was zu dieser Verzögerung beitrug: Ich verspürte auch Angst vor diesem Gedanken, ich fürchtete, mich im Labyrinth einer Wahnidee zu verlieren.

Eines Abends, beim Korrigieren von Klassenarbeiten, irritiert über die schon fast mutwillige Stupidität der gesamten Klasse, begann der Gedanke wie eine Gegenstimme in meinem Kopf anzuklingen – als böte er sich als leichtfüßiger Kontrast an und wollte mich zu einem fruchtbareren und reicheren Dankgebet mitnehmen. Und sosehr ich ihn auch relativierte, er erregte mich und stellte sich mir in seinem schönsten Gewand dar, in dem der Hoffnung.

Wie konnte ich ihm widerstehen? Die Klassenarbeiten, die ich durchzusehen hatte, wurden zwar nicht weniger stupide, doch meine Irritation schien abzunehmen, da ich nun über eine Idee verfügte, die ich unablässig drehen und wenden, demontieren und wieder aufbauen, verwerfen und hätscheln konnte. Sie tanzte mit raschelnden Röcken um mich herum, streifte sich ihre langen Strümpfe über, warf schwungvoll ihre Haare über die Schultern, verführte mich.

Dennoch gab ich mich ihr nicht völlig hin. In

nüchternen Augenblicken schrumpfte sie zu einer Ansammlung von Unwahrscheinlichkeiten zusammen, die abstießen und Erstaunen über ihre frühere Schönheit weckten. Aber sie bot mir eine Möglichkeit, nach der ich mich heftig sehnte: Ich konnte an sie glauben.

Ich begann mit ihr zu spielen, mit dem Gedanken, daß mein Zwillingsbruder Philip noch am Leben war und mir in Paris, auf der Place de la Bastille, gefolgt war. Manchmal glaubte ich an diesen Gedanken, dann wieder betrachtete ich ihn verblüfft und fragte mich verzweifelt, wieso ich mich noch mit ihm abgab.

Die Stimmungen, denen ich ausgesetzt war, divergierten stark. Innerhalb von nur wenigen Minuten konnte ich mich sowohl einen törichten Träumer nennen, der an völligen Unsinn glaubte, als auch einen kühlen Positivisten, dem man nichts ohne mehrfach verifizierte Beweise aufschwatzen konnte. Und meistens war ich beides gleichzeitig, Träumer und Positivist, die sich nach ihrer Verbrüderung sehnten, damit ich von der tückischen Kluft befreit wurde, die sie in mir aufgerissen hatten.

Viel Grund zu der Annahme, daß Philip noch lebte, hatte ich nicht. Auf einem Foto war ein Mann, der mir ähnelte – über mehr verfügte ich nicht. Trotz der rauschhaften Erwartung war mir bewußt, daß ich einen solchen Ansatzpunkt gesucht und insgeheim auf ein Ereignis gewartet hatte, woran ich meine Hoffnung klammern konnte. Das Foto war lediglich der Auslöser.

Eines Tages würde alles anders werden, hatte ich mir gewünscht, eines Tages würden sich die Farben des Himmels ändern, die Gerüche auf der Straße, die Intention meines Lachens. Ich würde verlieren, was ich loswerden wollte, bekommen, wonach ich verlangte. Die Bücher, die ich schreiben würde, standen schon im Regal, das Glück, das ich meinen Kindern wünschte, strahlte aus ihren Augen, Mieke bot mir Sicherheit, Pauline schenkte mir mehr Zukunft als die Jahre, die ich noch erwartete – und die Historie hatte Sinn und Richtung.

Wenn Philip noch am Leben war, würde sich alles ändern. Es würde noch jemanden wie mich geben, einen zweiten, der in einer Lagerhalle in Harderwijk zur Welt gekommen war und nie einen Blick auf seine Eltern geworfen hatte. Wenn Philip noch lebte, hätte ich einen Bruder.

Ich verlor die zarte Balance, die nach Weihnachten entstanden war. Meine Unterrichtsstunden wiesen wieder das Krampfhafte auf, wogegen ich mich in den vorangegangenen Wochen so erfolgreich zur Wehr gesetzt hatte; in mein Verhalten gegenüber Mieke schlichen sich erneut Hoffnungslosigkeit und Melancholie; den Kindern konnte ich kaum noch ohne das schmerzliche Bewußtsein ihrer Sterblichkeit begegnen. Alles, was ich an Rationalität und Zynismus aufbringen konnte, widersetzte sich dem Wahn, der mir flüsternd und duftend folgte, und legte einen Schleier untröstlichen Kummers über die Tage. Ich selbst deutete die Sehnsucht nach Philip als Ausdruck der Unzufriedenheit mit dem Leben, das ich lebte, und begriff, daß ich Philip als meinen Erlöser auffaßte, als den Menschen, der mir ähnelte und doch anders, besser und reicher, war; doch diese nüchterne Sicht hob die Sehnsucht nicht auf, ich hegte auch weiterhin den glühenden Glauben, daß er sich mir anvertraut hatte, und den unausgesprochenen Wunsch, ihn in meine Arme zu schließen.

In Tagträumen erwachte der Mann auf den Fotos zum Leben. Er taute aus seiner Erstarrung auf, ging an Pauline vorbei und kam auf mich zu. Wortlos erkannten wir einander. Sein Mund war zu einem Lächeln verzogen, doch ich sah Tränen über seine Wangen kullern. Wir blickten einander an. »Warum Tränen?« sagte ich. »Dies ist doch ein Freudentag.« Und mein rechter Arm legte sich um seinen Hals, mein linker bog sich um seinen Rücken, mein Kopf bettete sich auf den dicken, haarigen Stoff, der seine linke Schulter bedeckte. Wir klammerten uns aneinander, mein Spiegelbild und ich, und ich fühlte den unbekannten Körper, den ich kannte wie meinen eigenen.

Auch andere Begegnungen stellte ich mir vor, die nicht auf der Place de la Bastille stattfanden. Nach dreitägiger Suche in Paris, nachdem ich viele Läden und Cafés aufgesucht hatte, führte mich ein Tip zu seiner Haustür auf der Île Saint-Louis. Eine unbekannte Frau öffnete, sah mich verwundert an, ließ mich im Vorzimmer warten und führte mich kurz darauf in einen geräumigen französischen Salon mit Louis-seize-Möbeln, Spiegeln, chinesischen Vasen und verschossenen Perserteppichen, und er erhob sich aus einem breiten Ledersessel, der unter seiner langsamen Bewegung knarrte, legte, ohne den Blick von mir zu wenden, ein Buch auf ein niedriges Beistelltischchen mit Elfenbeinintarsien und erstarrte in seiner Verwirrung; seine rechte Hand schwebte vor seiner Brust, zwischen Begrüßung und Schutz schwankend, seine linke tastete vergebens nach dem Halt einer Tischplatte oder Stuhllehne, sein Unterkiefer war vor Erstaunen heruntergeklappt, seine Stirn gerunzelt, und der Blick in seinen Augen changierte zwischen Bestürzung und Rührung, Wut und Kummer, Freude und Angst. »Moi, je suis ton frère, Philippe«, sagte ich in meiner Einbildung zu ihm und schwelgte darin, welche Gefühlsregungen ich auslöste, »nous sommes des jumeaux, tu es comme moi.«

Oder ich fand ihn in seinem kleinen Laden im Marais, hinter Ballen von Kammgarn, Baumwolle, Leinen, wo er mit hochgekrempelten Hemdsärmeln an einem Zuschneidetisch saß. Die Tür ließ ein helles Glöckchen klingeln; ich trat ein und roch die Stoffe, die in Holzregalen warteten, bis sie zu Anzügen und Kleidern zugeschnitten wurden. Als er sich erhob und seine Lesebrille absetzte, sah ich, daß er ein Meterband um den Hals geschlungen hatte. Nach zwei Schritten hielt er inne, ich sah seinen Adamsapfel wild in seiner Kehle tanzen, seine Hände deuteten abwehrend auf mich, und ich hörte in meiner Einbildung seine bestürzte Stimme: »Non, tu es mort, tu n'existes pas«, woraufhin er mir den Rücken zukehrte.

Oder wir begegneten einander zufällig auf dem Pont Neuf oder im Louvre oder im Garten des Palais du Luxembourg, wo wir einander unter einem mit Tauben übersäten Standbild plötzlich in die bekanntfremden Augen schauten und schweigend auf einer morschen Bank Platz nahmen und unsere staubigen Schuhe nebeneinander auf den sauberen, trockenen Sand stellten. Überall begegnete ich Philip in meiner Einbildung.

Um meine Einbildungskraft zu zügeln, brachte

ich den Videorecorder zum Einsatz. Alle unaus-
gefüllten Momente füllte ich aus, indem ich mir
Videos vom üblichen Fernsehangebot ansah. Ich
wollte mich mit der Unverbindlichkeit, dem Be-
deutungslosen identifizieren und klammerte mich
an der künstlichen Munterkeit der meisten Programme fest. Sogar in den Nachrichtensendungen
suchte ich eine Weile Ruhe; ihr Blick war zielgerichtet und entschlossen, die Probleme waren klar,
die Schuldigen wurden angeklagt. Die Mehrzahl der
Programme lief nach Schema F ab, und da war kein
Raum für die Verwirrung, die mich beherrschte.
Ich versuchte mich von den Ideen zu befreien, die
mich infiziert hatten, und füllte meine Abende immer öfter damit aus, daß ich mir Videos anguckte.

Über eine Freundin von Mieke konnte ich mir
eine Aufzeichnung der Dokumentation besorgen,
die ich in Paris gesehen hatte. Sie arbeitete bei einem Sender und hatte das Programm auf meine Bitte
hin beim ORTF angefordert. Regelmäßig reiste ich
nun abends nach Japan, ging zwischen den niedri-
gen, zerbrechlichen Häuschen, saß einer Geisha
gegenüber, die die Teezeremonie vollzog. Jeder
Bereich des Alltagslebens dort hatte seinen Platz
innerhalb eines einzigen großen Rituals, mit dem
Balance und Ausgleich angestrebt wurden. Doch
wie konnte ich zur Ruhe kommen, wenn ich meine

Wünsche verdorren ließ und mich mit der Unvermeidlichkeit der Isolation abfand? Wenn ich Philip in meiner Einbildung umarmte, umarmte ich mich selbst. Manchmal kam es mir so vor, als hätte ich von jeher mit dem tiefen Bewußtsein gelebt, daß mir etwas Wesentliches fehlte, was ich mir durch Philip erwerben konnte; als würde ich dann zum erstenmal auf zwei Beinen stehen, hätte ich zum erstenmal zwei Hände. Die Dokumentation verschaffte mir jedesmal die Illusion, meine Zerrissenheit wäre geheilt. Dann deckten sich meine Ratio und mein Verlangen zu glauben, hatten eine blendende Allianz geschlossen.

Eines Abends machte ich einen Versuch, die Vermutungen, die ich in bezug auf Philip hegte, zu erhärten. Unter einem Vorwand verließ ich die Wohnung und ging mit den Negativen der Fotos in die Schule. Das Gebäude war offen, die Theater-AG probte *Andorra* von Max Frisch. Mein Niederländisch-Kollege, der Betreuer der Theater-AG, saß mit dem Text in der Aula und lauschte der schüchternen Stimme eines der Schüler auf der kleinen Bühne: »Aber die Lüge ist ein Egel, sie hat die Wahrheit ausgesaugt. Das wächst. Ich werd's nimmer los. Das wächst und hat Blut...« Mein Kollege griff ein und wies ihn auf den Textaufbau hin, der eine bestimmte Intonation erforderte.

Im zweiten Stock öffnete ich mit einem Schlüssel, den ich mir schon nachmittags beim Hausmeister geholt hatte, die Tür zum Werkraum. Die Neonröhren sprangen zögernd an und warfen ihr bleiches Licht auf die unverschämt leeren Tische. In der hinteren Wand des Klassenraums befand sich die Tür zur Dunkelkammer, in die ich, seit mich der Direktor nach meinem Einstellungsgespräch herumgeführt hatte, keinen Fuß mehr gesetzt hatte. Nachdem ich in der Dunkelkammer das Rotlicht angeknipst hatte, machte ich die Neonröhren im Werkraum aus, um zu verhindern, daß unter der Tür hindurch Licht hereinsickerte.

Es dauerte eine Weile, bis ich Fixier- und Entwicklerbad angesetzt hatte; ich hatte das erst wenige Male gemacht. Auch mit dem Vergrößerungsapparat hatte ich wenig Erfahrung. Ich untersuchte die Belichtungsschaltuhr, das Objektiv, die Negativbühne und machte die Lampe vom Vergrößerungsapparat an. Undefinierbare Schatten erschienen auf der Tischplatte. Ich suchte nach dem Knopf zum Scharfstellen und drehte Linien und scharfe Figuren ins Bild. Ich machte einen Abzug.

Aus einem amorphen Fleck bildete sich Pauline; sie lächelte. Die dicke Mütze saß stramm um ihren Kopf, der Schal war mehrmals um ihren Hals gewickelt. Unerschütterlich stand sie auf dem Platz und sah mich entschlossen an. Ihr leises Lächeln entsprang nicht Höflichkeit, sondern der Überzeugung, daß ich zu ihr gehörte. Links hinter ihr stand der Mann. Seine Augen schimmerten feucht, als weinte er. Aber vielleicht machte ihm die Kälte zu schaffen. War dieser Mann mein Bruder? Waren wir wenige Stunden nacheinander von derselben Mutter geboren worden? Ich sah ihn jetzt größer als auf den Fotos, die ich schon besaß, und ich entdeckte, daß seine Gesichtszüge den meinen weniger ähnlich waren, als es die kleinen Fotos suggeriert hatten. Er ähnelte mir, aber nicht wie ein Zwillingsbruder. Es gab Übereinstimmungen zwischen unseren Augen und Mündern, aber ich hatte den Eindruck, daß sein Gesicht breiter war als das meine, so als hätte er slawisches Blut. Dennoch war sein herzliches Lächeln ohne Zweifel mir zugedacht. Nun, da ich seine Augen deutlicher sah, war ich mir auch sicher, daß er nicht unmittelbar an mir vorbeisah und jemand anderen grüßte, der hinter mir stand. Er verwechselte mich mit jemandem, so wie ich ihn für jemand anderen hielt. Vielleicht hatte er mich für seinen Cousin gehalten und gelächelt, als er seinen Irrtum bemerkte. Er war es nicht. Wenn er Philip gewesen wäre, hätte er mich angesprochen. Ich machte mir etwas vor, wollte mich an der Hoffnung wärmen. Die Vergangenheit war versiegelt und konnte nicht neu beschriftet werden.

Ich stellte den Ausschnitt und die Zeit ein und belichtete ein größeres Blatt Fotopapier, das ich danach in den Entwickler legte. Während ich wartete, betrachtete ich meine roten Hände und suchte vergeblich nach einem Spiegel, um in diesem roten Licht mein Gesicht zu sehen. Ich betastete meine Wangenknochen und fragte mich, ob mein Gesicht womöglich breiter war, als ich dachte. Auf dem Papier bildeten sich Flecken, die verklumpten und zu Figuren wurden, Punkte wuchsen sich zu Linien aus, kleine Striche verwandelten sich in Steine, und nach und nach tauchten vor der hohen Siegessäule, errichtet zu Ehren der Revolution, Pauline und der lächelnde Mann auf, der mir erschreckend ähnlich sah. Es hatte geradezu den Anschein, als zöge der Entwickler aus dem großen Blatt Papier größere Ähnlichkeiten hervor als aus dem kleinen; aufs neue verspürte ich den erstickenden Wunsch, Philip zu begegnen. Er stand auf der Place de la Bastille, links hinter Pauline, und er lächelte mich an. Wenn Philip am Leben geblieben wäre, hätte er jetzt genauso in der Welt gestanden, lachend und weinend um seinen Bruder, der eine Affäre mit einer jungen Französin hatte. Ich konnte es kaum fassen – Philip war der Mann auf dem Foto.

Doch ich wollte Gewißheit, ich wollte den unumstößlichen Beweis, daß der Mann hinter Pauline meine Augen und meinen Mund besaß, und nachdem ich im Werkraum die entsprechenden Utensilien gefunden hatte, demontierte ich den Vergrößerungsapparat, um ein größtmögliches Bild auf die weißen Wände der Dunkelkammer projizieren zu können. Ich stellte zwei Tische aufeinander, wonach ich den Vergrößerungsapparat horizontal auf der oberen Tischplatte befestigte. Er warf eine Lichtfläche von mindestens drei mal drei Metern auf die Wand. Als ich den Schieber mit dem mittleren der drei Negative vor dem Objektiv anbrachte, sah ich Pauline und den Mann lebensgroß auf der weißen Wand schräg über mir erscheinen. Noch nie hatte ich das Gesicht über dem schimmernden Schal so deutlich gesehen. Ich sah die Falten der Handschuhe in seiner rechten Hand, die Schnürsenkel seiner Schuhe, das Garn in den Knöpfen. Aber was war Gewißheit? Der Mann konnte nicht antworten auf die Frage, wie er hieß. Ich schob die Tische so weit wie möglich von der Wand zurück, wodurch das Bild wuchs und die gesamte Wand einnahm. Sein Gesicht bestand aus Körnern, entdeckte ich, Tausenden von Körnern, die zusammengenommen ein Gesicht suggerierten, das nicht da war. Seine Augen und sein Mund zerfielen in un-

greifbare Pünktchen, kleine Flecken auf einer weißen Wand, Schattenkörnchen. Wie konnte ich ihn
umarmen, diesen Schattenmann, wie konnte ich
mein Gesicht an seine Schulter drücken, diese Flek-
kenschulter auf einer weißen Wand?

Ich schlief schlecht und begann mir nachts Videos anzusehen, um das Echo der erstickenden
Wahnidee mit den Geräuschen von Auto-Verfol-
gungsjagden, trabenden Pferden, abprallenden Ge-
schossen zu vertreiben. Hin und wieder versuchte
ich mich in die Studie zu stürzen, doch die Beschäftigung damit führte mich auf dem Umweg
über Ludwig XVI. zu der Frage, warum ich den
Krieg überlebt hatte und Philip nicht.

Woraus lese ich die Zwangsläufigkeit meines
Überlebens und Philips Tod ab? Worin besteht die
Zwangsläufigkeit meiner Zukunft? Wie kann ich
mich mit der Zufälligkeit meines Daseins abfinden?

Die Regelmäßigkeit der Arbeit und die Sicherheit der Familie hielten mich aufrecht. Auch an
Pauline, mit der ich von der Schule aus einen verzweifelten Briefwechsel führte, klammerte ich mich
fest. Mechanisch brachte ich die Tage hinter mich;
ich wehrte das schmerzhafte Tageslicht auf der
Straße mit einer Sonnenbrille ab, mied jegliche
Gesellschaft; erschöpft schaffte ich es bis zu den

großen Ferien. Nachdem ich die erste Nacht der Ferien erneut wachend zugebracht hatte, flehte Mieke mich an, meine Studie fertigzustellen und aufzuhören mit meiner Selbstzerstörung, was mir das Alibi verschaffte, nochmals in der Bibliothèque Nationale nach Dokumenten zu forschen.

Wenige Tage vor meiner geplanten Abreise, nachdem der Gedanke, daß ich die Studie abschließen würde, mir den Mut gegeben hatte, mit einer neuerlichen Lüge zu leben, kam Pauline nach Amsterdam. Ich traf mich mit ihr und schnupperte aufs neue die Erregung der kalten Weihnachtstage, die inzwischen schon ein halbes Jahr hinter uns lagen. Zu meiner Verblüffung hatte unsere Beziehung nicht darunter gelitten, daß wir uns so lange nicht gesehen hatten; der Briefwechsel hatte das Verlangen nacheinander sogar noch verstärkt. Gemeinsam reisten wir nach Frankreich, ich nach Paris, sie zu ihren Eltern in Compiègne. Ich ging Philip suchen.

9

Ächzend kam der Zug zum Stehen. Ich hob
meinen Koffer von der Gepäckablage und
verließ das Abteil. Hunderte von Reisenden, Ruck-
säcke und schwere Koffer schleppend, müde Gesichter, überströmten unaufhaltsam den Bahnsteig.
Willig ließ ich mich von ihnen voranschieben. Sofort stieg mir der unverwechselbare Geruch dieses
Bahnhofs in die Nase, eine Mischung aus Staub,
Schmutz und Öl.

Draußen vor dem Bahnhofsgebäude brannte mir
unvermutet die Sonne auf die Augen. Während ich
mich mit geschlossenen Lidern gegen eine Mauer
lehnte, bis das Schwindelgefühl nachließ, horchte
ich auf die Geräusche der Stadt. Anfahrende Autos, Schuhgescharre, Kleiderrascheln, der Donner
von Millionen Worten. Als die Wogen in meinem
Kopf abebbten, öffnete ich die Augen und blickte
zwischen den Wimpern hindurch auf den belebten
Bahnhofsvorplatz. Ich war zu nichts anderem imstande, als zu schauen, atemlos, bis zur Erschöp-

fung zu schauen. Blitzende Autos bogen in Straßen ein, Heckscheiben schossen mir die Sonne in die Augen. Zwei Polizisten in Sommeruniform. Ein alter Mann in einem viel zu weiten roten Hemd. Drei wild gestikulierende, laut lachende Jungen. Ein Schwarzafrikaner in buntem Burnus. Ein schwitzender Amerikaner in karierter Hose und hellblauem T-Shirt. Die zitternde Antenne auf dem Dach eines Taxis. Vertrocknete Apfelsinenschalen auf dem Gehweg. Die schwarzen Hände eines Zeitungsverkäufers. Der weiße Emaillebecher auf einem Rucksack. Der große nasse Fleck auf dem Rücken eines verschwitzten Fahrers. Das hochgeklappte und mit Sicherheitsnadeln festgesteckte Hosenbein eines Behinderten. Der ganze Platz rief mir etwas zu, das ich nicht verstehen konnte, jedes einzelne Bild schrie seine Bedeutung, ohne daß ich sie erfassen konnte. Verzweifelt starrte ich auf den hinkenden Mann, auf die beiden Polizisten, auf den Schwarzafrikaner in seinem gelb-grünen Burnus. Wenn es mir nicht gelang herauszubekommen, was sie bedeuteten und warum ich sie beobachtete, dann war ich nichts. Nichts als ein Schatten in einer verlassenen Straße.

Ich nahm ein Taxi zur Place de la Bastille. Der Wagen schoß in den Boulevard de Magenta, die Reifen surrten über den abgefahrenen Asphalt. Ich saß hinter meinen Augenfenstern gefangen und blickte sehnsüchtig zu den Menschen auf der Straße, die einander umarmten, miteinander redeten, in Häusern verschwanden. Wie konnte ich mich durch diese Fenster zwängen und zu ihnen gesellen? Ich wollte mir den Schritt des einen oder anderen Passanten aneignen; die Bäume des Boulevard de Magenta warfen die Schatten, auf die ich treten wollte; die Schaufensterscheiben, an denen ich vorüberkam, würden mir das Spiegelbild schenken, das beruhigte.

Ich saß ins Polster zurückgelehnt und blickte auf die vorüberschießenden Fassaden, die Sonnenpfützen auf der Straße, geschlossene Fensterläden, heruntergelassene Rolläden.

Aus dem graublauen Himmel rieselten dicke
Schneeflocken, die auf den Scheiben klebten
und die weiße Landschaft dem Blick entzogen. Vage
lagen die weißen Hügel entlang der schmalen Straße, die sich unvermittelt in Kurven wand und in
die Finsternis zu führen schien. Nachdem der Fahrer die Heizung der Heckscheibe angemacht hatte,
rutschte der Schnee, der wie eine Decke darüber-
gelegen hatte, langsam auf den Kofferraum. Irgendwo weit vor uns fuhr ein Streuwagen. Hin und
wieder sahen wir, wie das orange Blinklicht über
eine Hügelkuppe schwenkte oder in der Ferne von
einer Gruppe bleicher Bäume reflektiert wurde.
Die Scheinwerfer des Taxis strahlten die Flocken an,
die in gerader Bahn zur Erde fielen. Die Scheibenwischer ackerten. Zu den Rändern und in der Mitte der Scheibe, wo sich die Wischer trafen, häufte
sich der Schnee auf. Über das Summen der Heiz-
lüftung hinweg war das schmatzende Geräusch der
Reifen auf der nassen Straße zu hören. Der Fahrer

spähte aufmerksam nach vorn. Ich schätzte ihn auf höchstens zwanzig. Seine Hände umfaßten mit kräftigem Griff das mit einer grünen Samthülle überzogene Lenkrad, das er mit kurzen Rucken drehte. Er trug eine rote Kappe mit Ohrenklappen, die lose zu beiden Seiten seines Kopfes herabhingen. Ich war auf ihn zugegangen, als er vor dem Bahnhof von Les Sables-d'Olonne einen Fahrgast abkassierte. Für vierzig Francs wollte er mich nach Jard-sur-Mer bringen, woher er gerade kam. In einer langgezogenen Kurve auf einem Hügel blickte ich rechts in eine bodenlose Leere.

»Da liegt das Meer«, sagte der junge Fahrer und nickte nach rechts, »der Atlantik. Bei klarem Wetter sieht man die Île de Ré.«

Eine vage Grenze zwischen zwei dunklen Flächen gab den Horizont an. Ich versuchte den Strand zu sehen, doch die breite Böschung verdeckte den Fuß des Hügels. Im Rückspiegel sah ich ein Auge des Fahrers, das starr auf die Straße gerichtet war. Seine Rechte löste sich vom Lenkrad, tauchte in die Tasche seiner weiten Wildlederjoppe und fischte ein Päckchen Gauloises und ein Feuerzeug hervor, die er, ohne den Blick von der Straße zu wenden, neben sich hochhielt.

»Wären Sie so nett, mir eine Zigarette anzuzünden? Ich kann das jetzt schlecht selber machen.«

»Natürlich.«

Ich nahm das Päckchen und das Feuerzeug entgegen und zündete eine Zigarette an. Nachdem ich tief inhaliert hatte, beugte ich mich nach vorn und händigte ihm die brennende Zigarette aus. »Danke«, sagte er.

Als ich den Rauch schräg nach oben ausblies, sah ich, wie das Auge im Rückspiegel zugekniffen wurde.

»Ich habe Glück gehabt«, sagte er, »es kommt nicht alle Tage vor, daß ich eine Fahrt nach Les Sables habe, und meistens fahre ich dann allein zurück. Dank Ihnen verdiene ich auch noch an der Rückfahrt.« Das Auge im Spiegel sah mich kurz an. Ich lächelte.

»Kommen Sie aus Jard-sur-Mer?« fragte ich.

»Ich wohne schon etwa zehn Jahre dort. Ich komme eigentlich aus La Rochelle. Meine Eltern sind nach Jard gezogen, als mein Vater hier eine Kfz-Werkstatt übernehmen konnte.«

»Wie groß ist die Stadt?«

Ich hörte ihn kichern.

»Da wohnen etwas mehr als tausend Leute, schätze ich. Wenn ich nicht rechtzeitig bremse, sind wir daran vorbei, bevor Sie es gesehen haben.«

Während er sprach, atmete er langsam den Zigarettenrauch aus, der seine Worte sichtbar zu machen schien. Er drosselte die Geschwindigkeit, weil eine scharfe Kurve kam. Die Lichtkegel schwenkten über ein Schneefeld und enthüllten das Wrack eines alten Linienbusses, das etwas weiter weg zwischen kahlen Baumstämmen lag.

»Ich möchte in Jard jemanden besuchen, der noch nicht so lange dort wohnt, sieben oder acht Monate. Er kommt aus Lyon. Vielleicht kennen Sie ihn. Er ist Ingenieur. Paul Mendel heißt er. Er wohnt in der Rue Dangou.«

Er hatte sich die Zigarette zwischen die Lippen geklemmt, die Lider des Auges im Rückspiegel zitterten leicht im emporkräuselnden Rauch.

»Natürlich kenne ich ihn«, antwortete er, »er wohnt in der Villa, in der früher das Hotel Dangou war.« Das Auge suchte mein Gesicht und sah mich einen Augenblick lang direkt an. Danach spähte es wieder auf den Schnee hinaus.

»Sind Sie ein Verwandter von ihm?« fragte er. »Sie sehen ihm sehr ähnlich. Wenn Sie keinen Schnurrbart hätten, würde ich Sie vielleicht sogar mit ihm verwechseln.«

»Ich bin sein Bruder.«

»Sie wollen ihn besuchen?«

»Ja, ich habe ihn lange nicht mehr gesehen. Kennen Sie ihn gut?«

»Nein, nein, nicht so gut. Ich habe ihn ein

paarmal in der Bar getroffen, und neulich auf einer Hochzeit. Ich habe den Eindruck, daß er sich ziemlich abseits hält. Vielleicht muß er sich noch eingewöhnen.«

»Wissen Sie, was er derzeit macht?«

»Er arbeitet, glaube ich, bei einer Konstruktionsfirma in Les Sables.«

Das Taxi näherte sich dem Streuwagen. Das orange Blinklicht beleuchtete unsere Gesichter. Der junge Mann nahm Gas weg und blieb etwa dreißig Meter hinter dem Wagen. Er nickte nach links.

»Wenn Sie Zeit haben, sollten Sie unbedingt die Ruinen von Poitou besichtigen. Wenn Sie genau hinsehen, erkennen Sie dort die Umrisse.«

Während ich nach draußen schaute und abgebröckelte Mauern suchte, begann er zu kichern. Er drehte sich kurz zu mir um.

»Da ist jetzt natürlich nichts zu sehen. Liegt alles unter dem Schnee.«

Ich nickte.

»Von Jard sollten Sie sich nicht zuviel erwarten. Ein kleiner Ort am Meer, weiter nichts.«

»Ich habe ein Zimmer im Hotel de la Grange reserviert.«

»Seit das Dangou pleite gegangen ist, ist das De la Grange das einzige Hotel in Jard. Der Besitzer ist ein guter Freund meines Vaters.«

»Vielleicht können Sie mir sagen… wissen Sie, ob Paul Mendel verheiratet ist?«

Er zögerte und wußte nicht, wie er diese Frage auffassen sollte, mein unsicherer Tonfall verwirrte ihn. Er zog den Aschenbecher auf und schnippte den langen Aschekegel von der Zigarette. Auf der absteigenden Straße kam das Taxi dem Streuwagen näher. Der junge Mann bremste ab und fuhr beinahe im Schrittempo abwärts. Im Spiegel sah ich, wie sich das Auge jede zweite Sekunde orange färbte.

»Nein«, sagte er, »er wohnt allein in der Villa. Aber es kann sein, daß er verheiratet war. Ich weiß es nicht. Ich habe mich ein paarmal mit ihm unterhalten, aber ich bin nicht mit ihm befreundet.«

Er nahm seine Kappe ab und legte sie auf den leeren Sitz neben sich. Seine rechte Hand fuhr durch die kurzen, dunklen Locken und umklammerte danach wieder das samtene Lenkrad.

»Haben Sie ihn lange nicht mehr gesehen, Ihren Bruder?« fragte er.

»Ja«, sagte ich, »schon viele Jahre nicht mehr.«

Er nickte begreifend.

»Das ist jetzt das erste Mal, daß Sie einander wiedersehen?«

»In der Tat.«

»Das Dangou hat zwei Jahre leer gestanden, bevor Ihr Bruder dort einzog. Der Umbau hat fünf Monate gedauert.«

»Er ist also erst seit ein paar Wochen aus dem Durcheinander heraus?«

»Nein, er ist erst nach dem Umbau eingezogen.«

»Ah, ich verstehe.«

»Sie haben einen eigenartigen Akzent«, sagte er und sah sich lächelnd um, »aus welcher Gegend kommen Sie?«

»Ich äh … ich bin kein Franzose.«

»Ach. Und Ihr Bruder?«

»Der schon, nehme ich an.«

»Woher kommen Sie, wenn ich fragen darf?«

»Ich komme aus den Niederlanden. Aber seit einem halben Jahr wohne ich in Paris.«

Wieder nickte er, als gäbe es daran etwas zu begreifen. »Ich habe Ihren Bruder kürzlich auf der Hochzeit von jemandem aus dem Ort gesprochen. Er sprach mich an, weil er einen Wagen kaufen und seinen alten in Zahlung geben wollte. Er fährt einen alten DS 19. Er fragte mich, ob mein Vater einen 21er oder einen CX dahätte, er wolle bei einem Citroën bleiben. Aber wir hatten gerade nur Renaults und Peugeots.«

»Fährt er jeden Tag nach Les Sables?«

»Ja, manchmal begegne ich ihm, wenn ich eine Tour habe.«

»Um welche Zeit etwa?«

»Viertel nach sieben, halb acht abends. Dann kommt er von der Arbeit zurück.«

»Sie sagten, daß er sich ziemlich abseits hält?«

Er änderte seine Sitzhaltung, drückte ungeschickt seine Zigarette aus. Die Schneeflocken schienen dünner zu werden, schemenhaft schwebten sie über der Motorhaube. In einer scharfen Kurve verschwand der Streuwagen hinter einer hohen Mauer. Die zarten Flocken über der Mauer reflektierten das orange Licht.

»Na ja, ich weiß nicht, ob Sie das so wörtlich nehmen sollten. Er hatte natürlich noch nicht die Zeit, Freundschaften zu schließen. Die gewinnt man erst im Laufe der Jahre. Ich glaube schon, daß alle ihn mögen. Er ist ein freundlicher Mensch.«

»Ich frage mich, warum er nach Jard-sur-Mer gezogen ist.«

»Das habe ich mich auch gefragt.«

Er lachte. Der Streuwagen fuhr wieder vor dem abbremsenden Taxi.

»Ich habe es ihn gefragt«, sagte er, »und Ihr Bruder antwortete, daß er sich in das Haus verliebt hätte. Das konnte ich mir vorstellen. Er erzählte, daß er seit kurzem in Les Sables arbeite und in der Umgebung nach einem Haus gesucht habe. Er hätte schon so einige besichtigt gehabt, als er auf das leere Hotel in Jard gestoßen sei. Es sei Liebe auf den ersten Blick gewesen, erzählte er, und er habe schon nach wenigen Tagen beschlossen, es zu kaufen. Das Hotel gehörte Dimitriades, einem reichen Griechen, der in La Rochelle mehrere Restaurants betreibt, aber keine Ahnung von Hotels hat. Sie werden schon sehen, warum Ihr Bruder gern dort wohnen wollte. Es ist ein wunderschönes Haus. Jugendstil heißt dieser Stil, glaube ich.«

»Ist das Hotel nicht viel zu groß für einen Mann allein?«

»Ja, es ist ziemlich groß, aber ursprünglich hat auch nur eine Familie darin gewohnt. Eigentlich ist es eine Villa.«

»Kommen wir jetzt daran vorbei?«

»Nein, es liegt auf der anderen Seite des Ortes, an der Straße nach Aiguillon. Wenn Sie wollen, fahre ich Sie hin.«

»Nein, lassen Sie nur, ich gehe lieber erst ins Hotel.«

»Wie Sie möchten.«

Noch immer hüllte uns der Schnee ein. Draußen war wenig zu sehen. Dann und wann wurde zur Rechten die ehrfurchtgebietende Weite des Ozeans sichtbar; auf der linken Straßenseite schimmerte hinter den Schneeflocken die geschwungene Linie eines hügeligen Horizonts. Manchmal blitzten in

der Landschaft die erleuchteten Fenster eines ab-
gelegenen Hauses, über dem helle Rauchschwaden
aus dem Schornstein krochen. Nur zweimal hatte
uns ein entgegenkommendes Auto passiert. Bei
diesem Wetter blieb man lieber drinnen.

»Ich bin ein einziges Mal in den Niederlanden
gewesen«, sagte der Fahrer, »vor fünf Jahren. Damals hab ich noch Fußball gespielt. Die Amateure
von Ajax hatten ein Turnier organisiert und dazu
auch unseren Klub eingeladen. Das war ein unge-
heures Erlebnis. Alle möglichen Vereine aus ganz
Europa haben da gegeneinander gespielt, und man
hatte fast das Gefühl, daß ganz Amsterdam Unter-
künfte zur Verfügung gestellt hatte, denn es müssen viele hundert Fußballer mitgemacht haben. Ich
hab mit zwei anderen Jungs bei einer Familie indo-
nesischer Abstammung gewohnt. Ich wußte gar
nicht, daß in Amsterdam so viele Indonesier leben.
Für uns wurde es ein schlechtes Turnier, wir haben, glaube ich, nur ein einziges Mal gewonnen,
aber die Stadt war phänomenal. Ich finde Amsterdam schöner als Paris.«

So dann und wann gestikulierte er. Seine rechte
Hand glitt dann vom Lenkrad, tanzte wild unter
dem Rückspiegel, schnellte, wenn seine Stimme
verstummte, ans Lenkrad zurück und blieb dort
regungslos liegen.

»Wie denken Sie darüber, Herr Mendel?« fragte er. »Sie können sie besser vergleichen als ich.«

Natürlich, für ihn hieß ich auch Mendel! Mein Bruder trug diesen Namen, also mußte ich auch so angesprochen werden. Unter welchem Namen sollte ich mich im Hotel eintragen? Das Zimmer war für Philip Dewitt reserviert. Ich hatte dem Mann, der mich am Telefon bedient hatte, den Namen buchstabiert, den er danach sorgsam wiederholt und am Ende jedes Satzes erneut ausgesprochen hatte, als wollte er mir zu verstehen geben, daß er mir diesen Namen nicht abnahm. Aber wenn mein Bruder Mendel hieß, wollte ich auch mit diesen Lauten durchs Leben gehen. Paul Mendel war der dritte Doppelgänger, den ich aufgespürt hatte. Nach Marcel Groff und Jules Richert, die ich gesucht hatte, weil diese Namen jedesmal fielen, wenn ich mich irgendwo zeigte und nach meinem Bruder fragte (bei der jüdischen Wohlfahrt, bei den in Paris noch florierenden Suchdiensten für verschollene jüdische Angehörige), hatte mich jemand in Paris auf einen Jugendfreund von sich aufmerksam gemacht, einen gewissen Paul Mendel in Lyon, der aussehe wie ich. Er zeigte mir Fotos von früher, auf denen ich im Alter von etwa siebzehn abgebildet war. In Lyon wurde ich zweimal mit »ha, Paul, wie geht es dir« begrüßt, womit nicht ich, sondern

Paul Mendel gemeint war. Ich entdeckte, daß er jüdisch erzogen worden war, und wie bei Marcel und Jules deutete alles darauf hin, daß er es sein mußte. Meine Theorie klang einfach. Nach unserer Geburt waren wir an zwei verschiedenen Adressen versteckt worden. Aber im Gegensatz zu mir wurde er verraten und nach Westerbork gebracht, wo er auf die Liste *Unbekannte Kinder* kam. Mit dem letzten Transport vom 6. September 1944 wurde er als eines der elternlosen Kinder, die noch in Westerbork waren, nach Bergen-Belsen deportiert. Dort hat sich ein Franzose seiner angenommen. Zuerst hieß dieser Mann Groff, dann Richert, danach Mendel. Mein Bruder war eine Nummer auf der Liste *Unbekannte Kinder*. Er hieß de Wit und Mendel. Seine Vornamen lauteten Paul und Philip.

»Wie denken Sie darüber?« hakte der jugendliche Taxifahrer nach. »Natürlich sagen alle Franzosen, daß Paris schöner ist, aber ich glaube, wenn man ehrlich ist, muß man zugeben, daß Amsterdam reizvoller ist als Paris.«

Das Auge im Spiegel sah mich fragend an.

»Finden Sie wirklich, daß Paul Mendel mir ähnelt?« fragte ich.

Er strich sich erneut durch das dicke Haar und warf mir einen mißtrauischen Blick zu.

»Wie meinen Sie das?«

»Genauso, wie ich es sage. Finden Sie, daß ich Paul ähnele?«

Er setzte sich auf und preßte die Hände um das Lenkrad.

»Ich dachte schon.«

»Sind Sie sich sicher?«

Er zog die Schultern hoch.

»Das kann ich so nicht sagen. Da müßte ich Sie mir in aller Ruhe ansehen.«

»Dann halten Sie an und schauen Sie in aller Ruhe.«

Er schüttelte entrüstet den Kopf.

»Ich kann doch hier auf dieser Straße nicht einfach anhalten!«

»Warum nicht? Halten Sie!«

»Übernehmen Sie die Verantwortung?«

»Übertreiben Sie nicht. Halten Sie hier.«

»Ich kann doch in dieser Kurve nicht halten!«

»Ich verlange, daß Sie bremsen. Jetzt!«

Das Auto wurde langsamer und kam zum Stehen. Der Streuwagen entfernte sich von uns. Es hatte aufgehört zu schneien. Die Scheibenwischer schabten zäh über das Glas. Der junge Mann starrte weiterhin stur nach vorn, im Spiegel sah ich ein beunruhigtes Auge.

»Nun?« fragte ich. »Gucken Sie ruhig.«

Er wandte mir kurz das Gesicht zu. Er war in der Tat noch jung, vermutlich hatte er erst seit kurzem den Führerschein. Er wußte sich mit der Situation keinen Rat und verzog den Mund zu einem schmerzlichen Lächeln.

»Tut mir leid, daß ich Sie damit behellige«, entschuldigte ich mich, »aber es ist wichtig für mich. Sehe ich Paul Mendel ähnlich?«

Der junge Mann hatte den Blick abgewandt und sah sehnsüchtig zu dem Streufahrzeug, das eine Steigung hinauffuhr. Das Blinklicht spiegelte sich nur noch schwach auf seinem Gesicht und der dampfenden Motorhaube wider.

»Ich weiß es nicht«, sagte er leise.

Ich beugte mich nach vorn und knipste das Leselämpchen an.

»Sehen Sie ganz genau hin«, sagte ich, »sehen Sie sich meine Augen, meine Stirn, mein Kinn, die Form meines Mundes, meine Nase an. Bin ich ihm ähnlich? Sehen Sie ganz genau hin. Könnte er mein Zwillingsbruder sein?«

Der junge Mann schaute mich halb abgewandt an. Seine ängstlichen Augen tasteten mein Gesicht ab. Ich hörte seine beunruhigte Atmung und begriff, daß ich ihm wie ein Verrückter vorkam.

»Was meinen Sie?«

Er schlug die Augen nieder.

»Na? Sagen Sie es ruhig.«

»Ja, Sie sind ihm ähnlich.«

»Sagen Sie es ehrlich, bitte, ist das Ihre ehrliche Meinung?«

Ich beugte mich über den Sitz neben ihm, hielt das Gesicht in das schwache Licht des Kartenlämpchens und hörte ihn nervös seufzen. Er schüttelte den Kopf.

»Sie haben etwas von ihm. Aber Sie sind doch anders. Nicht wie ein Zwillingsbruder. Nein.«

»Sind Sie sich sicher?«

»Ja.«

Er nickte und warf scheue Blicke auf mich; ich bemerkte, daß er die linke Hand am Türgriff hatte.

»Ich verlasse mich auf Sie«, sagte ich.

Sein Adamsapfel hüpfte in seiner Kehle. Er nickte.

»Das können Sie«, sagte er.

»Ich ähnele ihm nicht?«

»Nicht wie ein Zwillingsbruder«, sagte er zitternd.

Ich lehnte mich zurück. Der Motor tuckerte im Leerlauf.

»Können Sie mich nach Les Sables zurückbringen?« fragte ich.

»Wenn Sie wollen.«

»Gern. Ich bezahle den doppelten Tarif.«

»Das ist nicht nötig.«

»Ich bestehe darauf. Können Sie hier wenden?«

Sein Kopf nickte bejahend.

»Tut mir leid, daß ich Sie damit überrumpele.«

»Macht nichts«, antwortete er.

Er riß den Wagen scharf nach links, setzte nach rechts zurück, fuhr dann mit durchdrehenden Reifen los. Die Scheibenwischer quietschten über das trockene Glas. Die Anzeigen im Armaturenbrett waren grün erleuchtet, rasch bewegte sich die Tachonadel auf Hundert zu. In Kurven schien er die Geschwindigkeit kaum zu drosseln. Ich saß zurückgelehnt auf der Rückbank und schaute auf die weiße Landschaft. Der Schnee hatte alles bedeckt, die Wiesen, die Bäume, die Böschungen. Die Hügel schienen jetzt plötzlich zu fluoreszieren. Gegen den dunklen Himmel leuchtete die Landschaft auf, die ich nun zum erstenmal ungehindert wahrnahm. Sanft geschwungene Hügel.

Ich schloß die Augen und sah die Fotos von der Place de la Bastille vor mir. In der Mitte stand Pauline, links mein Bruder, rechts im Hintergrund die Säule mit dem jubilierenden Engel der Französischen Revolution. Es war genau ein Jahr vergangen, seit ich die Bilder gemacht hatte, eine Ewigkeit her.

Während ich die Fotos in Gedanken Körnchen für Körnchen untersuchte, wurde die Frage immer lauter, ob nicht ich selbst dort stand, dort hinter Pauline auf dem häßlichen Platz, ob ich nicht einen Passanten gebeten hatte, ein Foto von mir und der jungen Frau zu machen, und mich dann einige Meter hinter Pauline postiert hatte. Stand ich da nicht selbst, dem unbekannten Fotografen zulachend, weinend um alles, was ich nicht war, aber sein wollte?

Leon de Winter
im Diogenes Verlag

Leon de Winter wurde 1954 in 's-Hertogenbosch als
Sohn niederländischer Juden geboren und begann als
Teenager, nach dem Tod seines Vaters, zu schreiben. Er
arbeitet seit 1976 als freier Schriftsteller und Filmema-
cher in Holland und den USA. Seine Romane erzielen
nicht nur in den Niederlanden überwältigende Erfolge;
einige wurden für Kino und Fernsehen verfilmt, so
2000 *Der Himmel von Hollywood* (Regie: Sönke Wort-
mann) und 2003 *SuperTex* unter der Regie von Jan
Schütte.

»Leon de Winter ist ein wunderbar phantasievoller Erzähler. Er liebt seine Figuren, hat ein herrliches Gespür
für deren Entwicklungen und Abgründe und erzählt
immer leicht und lakonisch.«
Joachim Knuth / Norddeutscher Rundfunk, Hamburg

»Leon de Winter, mittlerweile zum Kultautor avan-
ciert, ist ein gewiefter Erzähler, der dem Leser die Tür
nur einen Spaltbreit öffnet und in ihm eine unstillbare
Neugierde auf das weitere Geschehen erweckt.«
Hans Christian Kosler

Hoffmans Hunger
Roman. Aus dem Niederländischen von
Sibylle Mulot

SuperTex
Roman. Deutsch von Sibylle Mulot

Serenade
Roman. Deutsch von Hanni Ehlers

Zionoco
Roman. Deutsch von Hanni Ehlers

Der Himmel von Hollywood
Roman. Deutsch von Hanni Ehlers

Sokolows Universum
Roman. Deutsch von Sibylle Mulot

Leo Kaplan
Roman. Deutsch von Hanni Ehlers

Malibu
Roman. Deutsch von Hanni Ehlers

Place de la Bastille
Roman. Deutsch von Hanni Ehlers